LA FIN DE LA FUITE

DANS LA MÊME SÉRIE

1. *Opération Astrée*
2. *La Terre a peur*
3. *La Milice des mutants*
4. *Bases sur Vénus*
5. *Les vainqueurs de Véga*
6. *La forteresse des Six Lunes*
7. *La quête cosmique*
8. *Les glaces de Gol*
9. *Le traître de Tuglan*
10. *Le Maître des mutants*
11. *Le piège à pirates*
12. *L'empereur de New York*
13. *L'étoile en exil*
14. *Mutants en mission*
15. *L'offensive d'oubli*
16. *A l'assaut d'Arkonis*
17. *La menace des Moofs*
18. *La planète piégée*
19. *Les méduses de Moofar*
20. *Les grottes de Gom*
21. *La bataille de Bételgeuse*
22. *L'amiral d'Arkonis*
23. *Le sérum de survie*
24. *Le spectre du surmutant*
25. *Les exilés d'Elgir*
26. *L'invasion des Invisibles*
27. *Le poids du passé*
28. *La citadelle cachée*
29. *Les traquenards du temps*
30. *Délos a disparu*
31. *L'agonie d'Atlantis*
32. *La moisson de Myrtha VII*
33. *Les soleils de Siamed*
34. *L'errant de l'éternité*
35. *La revanche du Régent*
36. *Recrues pour le Régent*
37. *Le prix du pouvoir*
38. *La déroute des Droufs*
39. *Rhodan renie Rhodan*
40. *L'immortel et les Invisibles*
41. *Les Métamorphes de Moluk*
42. *L'arche des aïeux*
43. *Alerte aux Antis*
44. *Le caboteur cosmique*
45. *La flotte fantôme*
46. *Le barrage bleu*
47. *Le désert des décharnés*
48. *Opération « Okal »*
49. *L'homme aux deux visages*
50. *Les dieux oubliés*
51. *L'aventure akonide*
52. *Mannes éphémères*
53. *Complots arkonides*
54. *Opération dernière chance*
55. *Rencontres extragalactiques*
56. *La mort de Mécanica*
57. *Le captif du futur*
58. *La bataille de Panotol*
59. *Les astres noirs*
60. *Médiation protoplasmique*
61. *Opération surprise*
62. *Prisonnier du plasma*
63. *Le Monde-aux-Cent-Soleils*
64. *Le planétoïde hanté*
65. *Le combat des cent-soleils*
66. *Menaces sur les mutants*
67. *Le mirage de la montagne chantante*
68. *La valeur de la vie*
69. *Le fléau de la galaxie*
70. *Le miroir de molkex*
71. *Rébellion sur Euhja*
72. *La métamorphose du molkex*
73. *Le labyrinthe d'Eysal*
74. *Le piège de glace*
75. *Les sauveteurs sigans*
76. *La course contre la montre*
77. *L'effondrement d'un empire*
78. *L'offensive de crétinisation*
79. *La sylve sanguinaire*
80. *Guerilla sur Greendor*
81. *Pas de retour pour Rhodan*
82. *Les soldats stellaires*
83. *Mulots en mission*

84. *La fin de la fuite*
85. *Péril sur Plophos*
86. *Le déclin du dictateur*
87. *Arkonis assassiné*
88. *A l'assaut d'Andromède*
89. *Planète de pénitence*
90. *Les gardiens des galaxies*
91. *La guerre du gel*
92. *Héros de l'Horreur*
93. *Microcosme et Macrocosme*
94. *Les pyramides pourpres*
95. *Le triscaphe titanesque*
96. *Le péril surgi du passé*
97. *Téléporteurs dans les ténèbres*
98. *Les condamnés du Centre*
99. *La cinquième colonne*
100. *Les Coureurs d'ondes de Chrystal*
101. *Invasion interdite*
102. *L'armada akonide*
103. *Les astéroïdes d'Androbêta*
104. *Le satellite secret*
105. *La débâcle des Deux-Nez*
106. *Les sœurs stellaires*
107. *La ville vitrifiée*
108. *Le Monde des Marais*
109. *La sphère spatio-temporelle*
110. *La station de Saar Lun*
111. *Le messager des Maîtres*
112. *L'ingénieur intergalactique*
113. *La revanche des Régénérés*
114. *L'être d'Emeraude*
115. *Tempête sur Téfrod*
116. *Les mercenaires des Maîtres*
117. *Le robot qui rit*
118. *La machine de Multika*
119. *Le transmetteur temporel*
120. *Les temples de Tarak*
121. *L'agent atemporel*
122. *L'Emir et l'éternité*
123. *Les transmuteurs de Tanos*
124. *Le seigneur de Sadlor*
125. *Le sarcophage stellaire*
126. *La piste parapsychique*
127. *La facture des faussaires*
128. *Iago l'Innocent*
129. *Miras le Maléfique*
130. *Naufrage dans le néant*
131. *Le pacte de paix*
132. *L'escapade de l'Emir*
133. *Illusions interstellaires*
134. *La faillite de Faktor IV*
135. *Multidon la maudite*
136. *Terreur sur Tamanium*
137. *Le sacrifice suprême*
138. *Au cœur de la démesure*
139. *L'énigme de Old Man*
140. *Sur la piste des hypno-cristaux*
141. *Cristal-catastrophe*
142. *Sur le fil du rasoir*
143. *Remous dans les Nuages de Magellan*
144. *Des Perlians aux hommes-lions*
145. *Les partisans du Grand Nuage*
146. *Assaut sur Danger-I*
147. *Dans les grottes des Gurrads*
148. *Missions magellaniques*
149. *Le réveil d'un Titan*
150. *Transgressions temporelles*
151. *Dérive intergalactique*
152. *Poison pour une planète*
153. *Le sosie du Stellarque*
154. *De Néréide à Neptune*
155. *Offensive sur Old Man*
156. *Cités spatiales skovars*
157. *Le commandeur des oubliés*
158. *Holocauste halutien*
159. *Les labyrinthes de M 87*
160. *L'enlèvement de l'élu*
161. *La caste des chercheurs*
162. *Les insurgés du Krest IV*
163. *Projet paladin*
164. *Le repaire des Symbiotes*
165. *Uchronies akonides*
166. *Le karma de Khan*
167. *Les pirates de Parjar*
168. *Les cercueils de cristal*
169. *Les léviathans de Léthara*
170. *Le piège des Pelewons*
171. *Les Constructeurs du Centre*
172. *Le gouffre entre les galaxies*
173. *Traîtres en série*
174. *Le gardien de l'Intouchable*
175. *Le spectre du Sepulveda*
176. *Le secret de la pyramide*
177. *Sur les traces du passé*
178. *Le legs des Lémuriens*
179. *Odyssée pour des nefs perdues*
180. *Le poids des Invisibles*

K.-H. SCHEER
et CLARK DARLTON

LA FIN DE LA FUITE

PERRY RHODAN — 84

Fleuve Noir

Titres originaux :
TSCHATO, DER LÖWE de William Voltz
DIE KRIEGSLIST DER AKONEN de William Voltz

*Traduit et adapté de l'allemand
par Ulrike Klotz-Eiglier
en collaboration avec Roland C. Wagner*

Le Code de la propriété intellectuelle n'autorisant, aux termes de l'article L. 122-5, 2° et 3° a), d'une part, que les « copies ou reproductions strictement réservées à l'usage privé du copiste et non destinées à une utilisation collective » et, d'autre part, que les analyses et les courtes citations dans un but d'exemple ou d'illustration, « toute représentation ou reproduction intégrale ou partielle faite sans le consentement de l'auteur ou de ses ayants droit ou ayants cause est illicite » (art. L. 122-4).
Cette représentation ou reproduction, par quelque procédé que ce soit, constituerait donc une contrefaçon sanctionnée par les articles L. 335-2 et suivants du Code de la propriété intellectuelle.

© Pabel-Moewig Verlag KG

© 1989 Fleuve Noir, département d'Univers Poche

ISBN : 2-265-07561-2

RÉSUMÉ DES ÉPISODES PRÉCÉDENTS

CYCLE 1 : LA TROISIÈME FORCE
(volumes 1 à 21)

Le 19 juin 1971, à bord de la fusée *Astrée*, quatre hommes courageux s'embarquent pour le premier vol habité à destination de la Lune : le major Perry Rhodan, les capitaines Reginald Bull et Clark G. Flipper, le docteur Éric Manoli, tous membres de l'U.S. Space Force.

Cette opération à finalité principalement militaire, au regret de ses participants, prend toutefois un cours opposé à celui prévu par les puissances qui se disputent l'hégémonie terrestre. Perry Rhodan et ses compagnons découvrent sur la Lune un croiseur naufragé appartenant à des humanoïdes émissaires du Grand Empire d'Arkonis (dans l'amas M 13 de la constellation d'Hercule), en quête d'une mystérieuse Planète de Jouvence. Ayant noué le contact avec Krest, chef scientifique de l'expédition et *Thora*, commandante du vaisseau, Perry Rhodan regagne ensuite la Terre en possession de la super-technologie arkonide grâce à laquelle il fonde un état indépendant, la Troisième Force, en plein désert de Gobi. Il parvient ainsi à enrayer la guerre froide, à éviter un conflit nucléaire mondial et impose à l'humanité une paix durable avec l'appui de mutants, des hommes doués de facultés parapsychologiques.

Lors de sa première visite à un système planétaire étranger, celui de Véga, Perry Rhodan prend fait et cause pour les autochtones en lutte contre les Topsides, des lézards humanoïdes belliqueux et avides de conquête. Remontant une chaîne d'indices laissés par un mystérieux Immortel, le Terranien et ses compagnons d'aventure – dont Krest et *Thora* – trouvent enfin le chemin de Délos, la planète errante, domaine de cette entité spirituelle qui se révèle un être collectif. Celui-ci accorde la douche cellulaire prolongatrice de vie à Perry Rhodan et d'autres Terraniens mais la refuse aux Arkonides, qui selon lui appartiennent au passé. Au cours de cette Quête Cosmique, Rhodan se gagne aussi l'amitié sans partage d'une petite créature singulière aux étonnants pouvoirs parapsychiques : le mulot-castor L'Émir.

Le retour sur Terre ne sonne pas pour autant l'heure du repos ! En 1981, Perry Rhodan doit d'abord se défendre contre les attaques du Surmutant Stafford Monterny. Des Marchands Galactiques, aussi appelés Francs-Passeurs, tentent ensuite de coloniser la Terre et d'étouffer dans l'œuf toute concurrence potentielle dans le domaine du commerce intragalactique. La pression des forces extraterrestres coalisées devient soudain si forte que Rhodan n'a pas d'autre choix que de faire croire, par un coup de bluff gigantesque, à la destruction pure et simple de la Terre.

CYCLE 2 : ATLAN ET ARKONIS
(volumes 22 à 43)

La tranquillité ainsi obtenue permet à Perry Rhodan d'instaurer l'Empire Solaire, dont il tient les rênes sous le titre de Stellarque de Sol et dont les ressortissants ont pris le nom générique de Terraniens. Cette paix est à peine perturbée en 2040 par l'apparition d'un personnage énigmatique, Atlan, le Solitaire des Siècles. Abandonnant sa base-refuge sous-marine au terme de dix mille ans d'un sommeil interrompu de rares et brefs réveils, il s'attend à trouver la civilisation terrestre totalement anéantie dans le chaos résultant d'un conflit nucléaire.

Arkonide comme Krest et *Thora*, Atlan a jadis obtenu la vie éternelle par le biais d'un activateur cellulaire transmis par l'Immortel de Délos. Il ne tarde pas à essayer de dérober un astronef afin de pouvoir retourner vers Arkonis mais, démasqué, il se voit contraint d'affronter Perry Rhodan au cours de plusieurs duels très serrés. Tous deux deviennent enfin amis, décidant de s'accorder à jamais un soutien mutuel indéfectible.

Par son rapport détaillé sur ses dix mille ans d'existence, Atlan procure à Rhodan un éclairage insoupçonné sur tout un ensemble d'événements et d'interactions cosmiques.

Des mutants félons s'efforcent, à la même époque, de communiquer les coordonnées de la Terre au Régent, le Grand Robot positronique régnant sur les Trois-Planètes d'Arkonis et sur un Empire en pleine décadence. À la confrontation avec cette énorme machine sans âme s'ajoutent les attaques des Droufs qui, originaires d'un autre univers, tentent une invasion du continuum einsteinien en profitant de failles cosmiques reliant accidentellement les deux espaces-temps différents.

De plus, Perry Rhodan entre aussi en conflit avec Thomas Cardif, le fils né de son union avec *Thora* l'Arkonide. Élevé dans l'anonymat, Cardif se met à haïr son père dès qu'il découvre qui il est, et il décide que dès lors tout lui sera bon pour nuire au Stellarque.

D'audacieux Terraniens, s'infiltrant en 2044 sur les Trois-Planètes d'Arkonis, réussissent à reprogrammer le Régent. Atlan est alors reconnu comme nouvel Empereur et, sous le titre de Gnozal VIII, s'assure la souveraineté sur le Grand Empire aux sujets plongés dans la dégénérescence. Les Droufs, peu après vaincus grâce à une coalition entre Arkonides, Francs-Passeurs et Terraniens, sont renvoyés à leur univers d'origine avant que ne se referment les failles spatio-temporelles de communication.

Entre-temps, Thomas Cardif a trahi la Terre au profit des Marchands Galactiques qui donnent l'assaut au Système Solaire. Seule la ruse de L'Émir permettra de les repousser. Enfin, Perry Rhodan est frappé par d'autres drames puisqu'il perd son épouse, *Thora*, puis son fidèle ami Krest.

CYCLE 3 : LES BIOPOSIS (volumes 44 à 65)

En 2102, La *Magicienne*, frégate dotée d'un dispositif de propulsion issu de la technologie des Droufs et amélioré par Arno Kalup, se lance pour le premier vol linéaire à longue distance pour échouer dans le Système Bleu, enclos par un écran énergétique et domaine des orgueilleux Akonides, lointains ancêtres des Arkonides. En parallèle aux conflits résultants entre Terraniens et Akonides, de nombreux mondes de la Galaxie sont contaminés par une drogue particulièrement pernicieuse. Derrière cette manœuvre se cachent les Antis, prêtres fanatiques de la divinité Bâalol, dotés de facultés anti-psi égales en puissance à celles des mutants. Thomas Cardif, qui s'est allié à eux, usurpe incognito la place de son père. Il reçoit de l'Immortel de Délos un activateur cellulaire destiné à Perry Rhodan, et, abusé à son insu, devient porteur d'une véritable bombe à retardement biologique. Démasqué par Atlan et physiquement anéanti par l'activateur, Cardif meurt puis Rhodan entre en possession du bien qui lui était dévolu.

Les Akonides, par une manipulation du Régent positronique, parviennent à destituer le nouvel empereur, Gnozal VIII. Ce n'est que grâce à un saut temporel vers le passé qu'Atlan et ses compagnons rétablissent l'ordre, mettant définitivement le Grand Coordinateur hors d'état de nuire.

En 2112, la race humaine se trouve mêlée à un conflit opposant, en plein espace intergalactique, les invisibles Laurins à un peuple de robots, les Biopsis. Un an plus tard, Perry Rhodan découvre le Monde-aux-Cent-Soleils, patrie de ces créatures mi-machines, mi-organiques, et résout l'énigme posée par leur existence. Il fonde alors l'Alliance Galactique dont il devient le Stellarque sous le titre inchangé de Stellarque de Sol. Lorsqu'en 2114 les Laurins attaquent le Monde-aux-Cent-Soleils, les hommes alliés aux biorobots réussissent à repousser le dangereux envahisseur.

CYCLE 4 : LE DEUXIÈME EMPIRE
(volumes 66 à 77)

Début 2326 : l'Alliance Galactique consolidée et en expansion bénéficie depuis 2130 du soutien de Nathan, le formidable cerveau hyperimpotonique installé sous la surface de la Lune. Atlan, qui a abandonné sa charge de souverain du Grand Empire arkonide, a créé en 2115 l'Organisation des Mondes Unis (O.M.U.), une sorte de corps d'intervention à l'échelle de la Voie Lactée dont les « spécialistes » souvent atypiques opèrent à chaque fois que la Défense Solaire (devenue la Défense Galactique) s'avère impuissante. C'est alors que l'Immortel de Délos annonce *urbi et orbi* qu'il a disséminé vingt-cinq activateurs cellulaires à travers la Galaxie, puis lance un ultime message prophétisant des jours bien sombres : contraint de fuir devant une menace terrible, il va détruire sa planète errante avant de disparaître...

La chasse aux activateurs est ouverte, tant pour Perry Rhodan qui veut tout tenter pour sauver ses proches que pour d'autres aux intentions moins louables. Cas très particulier : les « signaux de l'éternité » attirent un *Explorateur* terranien dans le système solaire aberrant de la planète géante Hercule. Sitôt posés sur Majestas, un de ses satellites, ses occupants plongent dans un lointain passé et découvrent l'activateur – ainsi que le moyen de regagner le présent – au sein d'un immense planétarium édifié plus d'un million d'années auparavant par les Grands Anciens sous la Montagne Chantante.

En juillet 2326, dix-neuf des vingt-cinq activateurs ont été récupérés et remis aux personnalités les plus essentielles de l'Empire Uni, dont les mutants. L'appareil dissimulé sur l'ancienne colonie arkonide Eysal, détruit par mégarde, produit en explosant une hyperimpulsion grâce à laquelle un générateur géant, enfoui sous la surface, se réveille et commence à émettre tous azimuts des ondes gravitationnelles... C'est la séquence d'initiation d'un processus infernal qui se révèle un mois plus tard.

En effet, un à un, des mondes de la périphérie sont frappés par un fléau multiforme : éclosion de milliers d'œufs dont sortent des chenilles mauves, les acridocères, aux sécrétions hyper-corrosives, dévastation totale de la surface planétaire qui disparaît sous une épaisse carapace incolore de molkex, naissance de monstrueux vers géants, les annélicères, à la phénoménale puissance destructrice... Le tout semble surveillé sinon exploité par des inconnus aux navires informes, dénués d'écrans protecteurs et pourtant invulnérables. Ces nefs s'avéreront bientôt bardées de blindages de molkex. Quant aux annélicères, intelligents et capables de communiquer, ils ne sont pas mauvais mais assujettis à ceux qu'ils appellent les « Bienveillants », dont le seul but est de récupérer le molkex sur les planètes ensemencées avec des œufs d'acridocères. Ainsi s'engage inexorablement une confrontation directe entre l'humanité et le Deuxième Empire implanté dans l'Est galactique...

Sur Majestas, la lune d'Hercule, des scientifiques terraniens font de nouvelles découvertes : dans le prodigieux planétarium de la Montagne Chantante, les Grands Anciens ont laissé un surprenant message relatif à la destruction de nombreux systèmes stellaires de la Voie Lactée, il y a 1,2 millions d'années, par une redoutable entité suprahétérodynamique appelée le Suprahet. Celui-ci, finalement bloqué dans sa course par les Grands Anciens, s'est stabilisé en condensations colossales de molkex comme, par exemple, Hercule elle-même. Mais les fronts d'ondes gravitationnelles émis quatre mois plus tôt depuis Eysal ont enclenché le processus inverse et le Suprahet va bientôt se réveiller... Seul l'anéantissement d'Hercule, par près de 400 000 bombes, permettra aux Terraniens de conjurer le péril.

Tandis que l'astre géant et son soleil plus petit que lui s'abîment dans l'hyperespace, des hommes sont invités à se rendre sur Sépulcre, monde natal des annélicères, une planète sombre située dans l'Est galactique. Offrant aux dix mille derniers vers géants l'aide désintéressée des Terraniens – sans demander d'autre contrepartie que leur neutralité dans le conflit imminent entre les deux Empires – le négociateur humain scelle une alliance stupéfiante avec ces êtres dont la progéniture a dévoré à quatre-vingt-dix pour cent l'habitat lui aussi né, jadis, du Suprahet stabilisé !

Pendant ce temps, dans les labyrinthes souterrains d'Eysal, des Terraniens rencontrent pour la première fois des Bienveillants : ces humanoïdes aux têtes en forme de soupière, dotés de quatre yeux et d'un long cou flexible, seront baptisés « Bleus » à cause de la couleur de leur pelage. La présence de ces Apasos, dont l'ethnie est en lutte contre l'hégémonie pesante des Gatasiens qui détiennent le monopole du molkex, résulte d'une vieille affaire oubliée que leur ont rappelée les fronts d'ondes gravitationnelles : une tentative ancienne pour initier une production indépendante du matériau de blindage...

Début mars 2327, suite à l'interrogatoire d'un prisonnier apaso, la Défense Solaire infiltre très habilement quatre agents en territoire adverse. Ils ramènent nombre de renseignements dont les coordonnées de Gatas (ou Verth III), monde central des Bleus dominants. Mais l'implantation d'une base secrète sous les glaces de Verth XIV vire à la catastrophe : quatre-vingt-dix Terraniens sont capturés et incarcérés sur Gatas.

Entre mi-juillet et fin octobre 2327, au cours de deux missions de sauvetage de nature exceptionnelle menées sur Verth III, le mystère de la malléabilité du molkex est élucidé : les Bleus emploient un mélange d'eau oxygénée avec une hormone exclusivement sécrétée par leurs nourrissons. D'où la très forte natalité et l'expansion démographique galopante de la race maîtresse de l'Est galactique, vu ses besoins stratégiques en hormone-B.

Un mois plus tard, avec les échantillons ramenés sur Terre, la course contre la montre s'engage : fabrication et test des premières bombes anti-molkex, essais désastreux de synthèse de l'hormone-B sur Arralon, récupération périlleuse de matériau expérimental sur des planètes contaminées… En janvier 2328, un véritable miracle technico-scientifique permet de stabiliser l'hormone-B artificielle et de lancer la production en série des bombes. Au bout de quelques jours, les Bleus qui donnaient l'assaut à l'amas M 13 sur l'instigation des Akonides sont en déroute. Le coup final leur sera porté à domicile quand un commando de mutants terraniens sabotera les colossales réserves subgatasiennes de molkex : en avril 2328, la croûte planétaire s'éventre sous la poussée du blindage liquéfié puis reformé en galettes aplaties qui, sans tarder, filent vers l'espace extérieur et le Centre de la Voie Lactée. Déjà observé à plusieurs reprises, cet « effet de drive » dont on entendra reparler est propre à ce que l'on a baptisé le néo-molkex.

Le 10 mai, acculés à la capitulation, les Bleus acceptent de signer un traité de paix avec les Terraniens. Ainsi se termine un conflit qui, rétrospectivement, aura causé un minimum de victimes mais entraîné l'éradication des infortunés annélicères : car Sépulcre a été anéantie par un commando-suicide venu d'Akonis…

SOUS-CYCLE DE PLOPHOS (volumes 78 à 87)

Depuis le 2 novembre 2328, toutes les stations hypercom de la Voie Lactée diffusent l'incroyable nouvelle qui bouleverse la Galaxie : Perry Rhodan, Atlan et Reginald Bull seraient morts. À l'appui de cette information donnée par des inconnus, des images de l'épave du *Krest*, le fier vaisseau amiral de l'Astromarine Solaire, à bord duquel se trouvaient les disparus. La conséquence immédiate en est l'effondrement de l'Empire formé par l'union des Arkonides et des Terraniens, et la fin d'une alliance vieille de deux cent treize ans. En effet, toutes les races intelligentes qui attendaient depuis plus de deux siècles pour se libérer des deux grandes puissances de la Galaxie, Arkonis et la Terre, exploitent le désarroi créé par cette situation.

Malgré ce processus de désagrégation, les remplaçants de Rhodan et d'Atlan ont pu apprendre que les disparus vivaient toujours – et qui les retenait prisonniers.

L'intervention de la Milice des Mutants a malheureusement lieu trop tard : Rhodan et ses compagnons ont déjà été emmenés sur Badun, quartier général des Neutralistes. Badun qui flambe bientôt sous les bombes du dictateur Horatio Hondro, brasier auquel les prisonniers et la splendide Mory Abro, fille du chef défunt des Neutralistes, sont arrachés par une mystérieuse nef automatique.

Celle-ci les dépose un peu plus tard sur Ravissante, un monde paradisiaque où semblent s'affronter des centaines de races intelligentes. Après avoir vaincu la méduse hypnotique qui dressait les uns contre les autres ces peuples « déplacés », Rhodan et ses compagnons sont emportés par le vaisseau-robot vers

Kahalo, la patrie des paisibles Macrocéphales, que menace une invasion d'insectes évolués et belliqueux.

Leur tâche protectrice accomplie grâce aux mystérieuses pyramides pourpres du Grand Kahal, ils sont renvoyés chez eux par les nains au crâne hypertrophié. En théorie seulement, car la nef automatique les abandonne sur Roost, où ils libèrent les descendants de Francs-Passeurs naufragés du joug des « hommes en noir », ces véritables zombies à qui la radioactivité est nécessaire pour vivre.

Lors de l'attaque des trois pyramides où se trouve la base des morts-vivants, Atlan active un appareil qui commence à émettre certaines ondes bien particulières – celles d'un ébranlement de structure, facilement repérables par les détecteurs dont sont équipés les navires terraniens.

Janvier 2329 : fanfaron, couard, ambitieux et mégalomane, Gecko, un des jeunes mulots-castors de la petite colonie de Mars, se fait bombarder amiral et reçoit le commandement d'une chaloupe reconvertie en nef de guerre, le *Perdita*. C'est évident, l'expédition hétéroclite formée par des Willys protoplasmiques, des Unitairs à trompe d'éléphant et des Ilts aussi joueurs qu'indisciplinés ne peut que retrouver la trace de Perry Rhodan ! Après la confrontation à de belliqueux astronefs inconnus, puis à une planète surpeuplée dont les deux moitiés des habitants dorment à tour de rôle et s'adonnent à une forme bizarre de voyage astral, le croiseur se rapproche de l'Est galactique où, hélas, les armadas des Bleus en guerre se font de plus en plus denses. C'est pourtant là, grâce au formidable choc hyperénergétique déclenché par Atlan, que Gecko et sa troupe localisent Roost, le monde sur lequel sont bloqués les disparus. Mais comment les récupérer alors que les « têtes de soupières » se font de plus en plus acharnés et menaçants ? Avec un triscaphe, deux mulots rallient Roost et embarquent le groupe – pour filer se mettre à l'abri en attendant qu'intervienne la flotte terranienne, dûment alertée par des S.O.S. ininterrompus. Reste maintenant à savoir quand et comment va se jouer LA FIN DE LA FUITE...

PREMIÈRE PARTIE

LE LION DES ÉTOILES

CHAPITRE PREMIER

Le missile se trouvait encore à bonne distance de la petite planète tachetée de rose et de gris quand la salve radiante le frappa de plein fouet. Un instant, un second soleil illumina les étendues désertes de ce monde anodin, nova flamboyante qui fit frémir les quelque trois cents Akonides terrés dans leur abri anti-nucléaire ; il ne s'agissait en effet que d'un simple avertissement que leur lançait le *Lion*, le puissant vaisseau de la flotte solaire qui venait de faire irruption dans le système de Llaümer.

Certes, la présence des deux croiseurs qui patrouillaient en orbite rassurait quelque peu les trafiquants d'armes, et le navire terranien se trouvait encore à bonne distance de Kilgore ; mais si les Akonides avaient pu voir en cet instant précis Nome Tschato, ils auraient sans doute capitulé immédiatement.

Tschato commandait le *Lion*, bâtiment de guerre de cinq cents mètres de diamètre dont la puissance de feu dépassait celle des anciens croiseurs de la classe impériale. Incarnation parfaite du nom que portait son navire, ce géant africain aux dents éclatantes était pour le moment en train de s'étirer voluptueusement dans son fauteuil anti-accélération. Une gaieté sereine l'habitait la plupart du temps, mais gare aux injures et sarcasmes qu'il déversait sur ses subordonnés quand la situation venait à se gâter.

Lorsque les détecteurs signalèrent l'explosion du missile, Tschato enregistra l'information d'un vague clignement de paupières. Assis en face de lui, Dan Picot, premier officier et collaborateur direct du commandant, poussa un soupir de soulagement. Le moindre mouvement ou changement d'expression de son supérieur éveillait en lui l'espoir de comprendre un jour ce qui se passait dans la tête de celui-ci. En attendant, le travail en commun ne lui provoquait, hélas, que des aigreurs d'estomac.

— Voilà, dit-il d'une voix mal assurée, les Bleus sont au courant. (Il toussota pour s'éclaircir la gorge.) J'attends à tout moment leur capitulation. Mais quelles en seront les conditions ?

Tschato se tourna pesamment pour examiner le tableau de bord. Il montra du doigt le grand écran de détection, sur lequel des taches claires indiquaient la présence de deux astronefs akonides.

— Les conditions ? répéta-t-il doucement. Nous allons leur envoyer un ultimatum pour leur couper l'herbe sous les pieds.

Picot se demanda s'il devait transmettre l'ordre, mais Tschato le libéra de ce souci en dictant d'emblée au radio le texte du message. Le premier officier regarda nerveusement sa montre : la lenteur apparente du commandant lui donnait l'impression qu'ils se trouvaient dans ce système depuis des heures déjà.

En fait, ils avaient lancé le missile trente-sept minutes auparavant et restaient immobiles dans l'espace. Outre un écran protecteur et des désintégrateurs, le navire possédait des bombes arkonides et des torpilles à neutrinos. Mais ses armes les plus redoutables étaient sans conteste les sept canons transformateurs.

Dix minutes s'écoulèrent. Rien ne bougeait sur la planète où les Akonides avaient établi leur base. À bord du *Lion*, tous savaient qu'ils vendaient aux Bleus des armes et du matériel sophistiqué. Ni la sympathie, ni la bienveillance à l'égard des « têtes de soupières » ne motivait cette activité. Leur cupidité n'en était pas non plus la principale raison.

En fait, ils planifiaient à long terme en se positionnant sur tous les créneaux à la fois. Ils invoquaient toutes sortes de prétextes les poussant à ce trafic, mais en vérité, seule la rage de vaincre la puissance terranienne les aiguillonnait. Toutes leurs tentatives en ce sens étant demeurées sans succès, ils jouaient à présent la carte des Bleus, car ils estimaient que ces derniers pourraient servir leurs desseins lorsque les antagonismes internes de l'Empire seraient exaspérés.

Personne ne doutait plus de la mort de Perry Rhodan : eux moins encore que les autres. Tandis que leurs diplomates versaient des larmes de crocodile sur la scène politique, leur flotte transportait d'énormes quantités de matériel dans le secteur oriental de la Voie Lactée. Avec la nonchalance de froids calculateurs, ils serreraient la main aux Terraniens, tandis que, partout dans l'espace, les combats faisaient rage entre leurs troupes et les navires de la Terre.

Tschato était de ceux qui ne donnaient pas de poignée de main. Face à un Akonide, il lui aurait probablement broyé les doigts avec un sourire aimable. Les astrogateurs savaient en effet que chaque arme livrée aux Bleus signifiait la mort de milliers, voire de millions d'individus.

Cinq autres minutes passèrent. Le commandant remua sur son siège.

« Le lion se réveille », songea Picot avec espoir.

— Voulez-vous que j'émette une nouvelle fois le message ? demanda le radio.

Le géant ouvrit les yeux. Il n'y avait pas trace d'un quelconque sentiment dans son regard sombre.

— Non. Nous le leur transmettrons personnellement. Nous allons atterrir et détruire leur arsenal.

Il parlait de l'opération comme s'il s'agissait d'une simple promenade. Sur son ordre, Picot prit le commandement. Le *Lion* augmenta sa vitesse ; malgré son inépuisable réserve de puissance, il ressemblait à un vieux squale fatigué s'approchant lentement d'une proie appétissante.

— Les deux croiseurs ennemis quittent leur orbite, remarqua Tschato, dont les yeux ne lâchaient pas les écrans bombés des détecteurs.

— Galaxie ! gémit Picot, qui voyait déjà les difficultés se profiler à l'horizon.

L'Africain, qui préférait toujours éviter l'affrontement lorsqu'il en avait la possibilité, fit envoyer une sommation aux navires akonides qui fonçaient vers le *Lion* de toute la puissance de leurs blocs-propulsion. Il reçut pour toute réponse un juron terranien qui, pour des raisons inconnues, jouissait d'une grande popularité parmi les autres races galactiques.

Le visage impassible, le géant considéra son premier officier, que l'obscénité de l'insulte avait fait rougir.

— Je souhaiterais un peu plus de politesse de la part de ces messieurs, confia-t-il avec un clin d'œil.

Puis, changeant de ton, il ordonna de brancher les écrans protecteurs.

Picot jeta un coup d'œil timide aux écrans. Les deux points blancs qui signalaient la position des navires akonides avaient considérablement grossi. Le *Lion* ne tarderait pas à essuyer les premiers tirs radiants de l'engagement qui s'annonçait.

Tschato observait paisiblement les deux nefs adverses, qui venaient de modifier leur cap.

— Nous pourrions peut-être passer entre eux, murmura-t-il.

Picot refusa de chercher à comprendre si cette remarque se voulait sérieuse ou pleine d'un humour qui lui passait par-dessus l'intellect. Peut-être n'était-elle, au fond, que l'expression d'une incroyable naïveté. Ils avaient le choix entre un grand nombre de possibilités, mais s'ils fonçaient tout droit entre les deux vaisseaux ennemis, ils se retrouveraient vraisemblablement transformés en énergie pure !

— Il est temps de changer de cap, répliqua-t-il, ignorant la remarque de Tschato.

Celui-ci reporta son attention sur les ordinateurs, capables de prévoir en quelques picosecondes le point d'impact des salves de l'adversaire. La vitesse des rayons énergétiques étant en effet très légèrement inférieure à celle de la lumière, le pilote automatique, informé par les calculatrices, avait, dans certains cas, le temps de modifier la trajectoire du croiseur, pour lui éviter d'être touché dans le cas contraire. Le champ de force absorbait les jets radiants, à condition que ceux-ci ne fussent pas trop violents.

Si les ordinateurs s'avéraient trop lents et si l'écran encaissait trop de salves à la fois, l'astronef se désintégrait dans une explosion monstrueuse. Évidemment.

— Ils *attendent* que nous changions de cap, observa le commandant.

Picot sentit un filet de sueur glacée couler le long de son échine. Ce géant insensé voulait-il *réellement* continuer dans la même direction ? Dans ce cas, autant se présenter devant l'ennemi en arborant l'inscription fluorescente : *Prière de nous tirer dessus* !

Il regarda Tschato, dont le visage demeurait impénétrable. Les autres membres de l'équipage faisaient des signes désespérés à Picot, afin qu'il contrecarre ces plans démentiels.

« Nous sommes aux mains d'un fauve impitoyable », pensait celui-ci, partagé entre le respect et le désir de se rebeller. Évitant avec embarras le regard de ses camarades, il décida de ne point se révolter.

Nome Tschato reçut les résultats communiqués par le cerveau P.

— Nous pourrions au moins donner l'impression que nous changeons de cap, annonça-t-il.

Picot se précipita sur les commandes et modifia l'angle de trajectoire de plus de sept degrés, alors que la planète s'approchait toujours. Les vaisseaux akonides réagirent avec une extrême lenteur. Tschato les observait comme des insectes qu'il s'apprêtait à détruire d'un revers de main.

— Reprenez le cap précédent ! commanda-t-il. L'ordre était à ce point insensé que Picot crut avoir mal entendu. Pourtant la manœuvre du *Lion* avait dû provoquer un immense désarroi chez l'adversaire, qui semblait ne plus savoir qu'entreprendre. Enfin, on put distinguer les astronefs ennemis, dont le formidable diamètre donna des sueurs froides à Picot. Celui-ci espéra qu'il s'agissait de bâtiments de transport de matériel et non de navires de combat, bien que leur forme fût relativement caractéristique de ces derniers.

Les trois vaisseaux occupaient à présent les pointes d'un triangle non équilatéral dont le *Lion* aurait constitué le sommet. L'écran protecteur du croiseur terranien reçut un effroyable flot d'énergie, si intense que tous les voyants virèrent au rouge, tandis que les sirènes d'alarme se mettaient à hurler. Le bourdonnement des générateurs, à la limite de la saturation, s'était mué en une longue plainte suraiguë, qui continuait à monter dans l'ultrason.

Jugeant que son traitement de premier officier n'était guère en rapport avec les risques qu'il devait courir, Picot se promit, pour la millième fois peut-être, de résilier son engagement.

Tschato donna enfin l'ordre de faire feu. Au même instant, l'un des bâtiments ennemis passa à proximité du *Lion*, l'arrosant d'une salve de torpilles à fragmentation nucléaire. Le navire terranien eut à peine le temps de faire un écart pour les éviter ; elles se perdirent dans l'infini.

Les radiants à transformation entrèrent en action. La nef adverse fut littéralement coupée en deux. Des chaloupes de sauvetage prirent la fuite en toute hâte, tandis que corps inertes et débris de métal déchiqueté s'éparpillaient dans le vide. En d'autres circonstances, il était de règle d'anéantir les survivants ; mais Julian Tifflor, qui assurait l'intérim en l'absence de Rhodan, avait récemment interdit de tels débordements.

Fort de ce premier succès, le *Lion* s'apprêtait à affronter l'autre navire akonide, qui grossissait sur les écrans.

Toujours muré dans son impénétrable silence, Tschato considéra Walt Heintmann, l'homme le plus capable parmi la génération montante. Contrairement au géant, il lui arrivait de manifester ses sentiments. Le visage crispé par la peur qui le tenaillait, il ne quittait pas des yeux l'écran panoramique.

Cette fois encore Tschato laissa l'ennemi tirer la première salve. Le croiseur terranien subit une terrible secousse, mais son commandant réagit avec la maîtrise d'un joueur de poker certain de posséder les meilleures cartes : il attendit patiemment que son adversaire craque.

Un missile à neutrinos traversa l'écran protecteur akonide, endommageant la partie supérieure de la carlingue. L'appareil fut secoué comme une baudruche par une rafale de vent, mais l'équipage réussit grâce à son habileté à manœuvrer pour se mettre à l'abri d'une nouvelle attaque.

Ruisselant de sueur, Picot poussa un gémissement. Tschato le regarda avec mépris.

— Nous allons nous poser, décida-t-il sans prêter attention au flot de missiles qui se dirigeait vers eux.

Picot hocha la tête, en signe de soumission résignée. Dans la minute qui suivit, les hommes du poste de tir anéantirent plus des deux tiers des projectiles. Le reste ne toucha pas le *Lion* ou fut intercepté par son champ de force. La voie était libre. En pénétrant dans l'atmosphère, les Terraniens reçurent un message des contrebandiers akonides ; ces derniers y annonçaient leur capitulation.

— Informez-les qu'ils ont une heure pour évacuer leurs arsenaux. Ensuite nous ferons tout sauter, dit l'Africain à Suragne, le radio.

Picot fit un signe d'approbation. C'était en effet le seul moyen de détruire les gigantesques dépôts d'armes en épargnant des vies. Irréparable catastrophe pour les

Akonides que de devoir attendre sans abri l'arrivée des prochaines nefs de transport qui leur permettraient de quitter cette planète, devenue sans intérêt puisque sa position avait été découverte par les Terraniens.

Ils tentèrent néanmoins de négocier avec le géant la livraison de leur matériel. Tschato ne se laissa pas abuser ; il s'agissait visiblement d'un subterfuge destiné à en sauver une partie.

— Une heure, répéta-t-il avec intransigeance à Suragne.

Le radio émit le message. Cette fois, il ne reçut pas de réponse. L'adversaire avait tiré les conséquences du refus terranien : il évacuait la base sans condition.

Le *Lion* se remit en orbite. Peu de temps avant l'heure prévue pour le bombardement, le commandant akonide appela Tschato. Son visage long et mince apparut sur l'écran. Malgré les éclairs qui étincelaient dans ses yeux, sa voix demeura posée lorsqu'il salua son vainqueur. Derrière lui, on distinguait nettement le tableau de commandes d'un cerveau P.

Le Terranien pensa qu'il tentait de se jouer de lui, en lui faisant croire qu'il se trouvait toujours dans la station.

— Vous êtes vraiment imprudent, lui dit-il. Nous allons détruire votre base dans moins de trois minutes !

Le contrebandier se maîtrisa difficilement.

— Aucun de mes hommes n'a quitté les lieux, répliqua-t-il. Souhaitez-vous avoir sur la conscience la mort de trois cents individus ?

Tschato sourit avec embarras. Les Akonides essayaient maintenant de profiter des sentiments humains que tous reconnaissaient aux Terraniens. Ils avaient la certitude, en effet, qu'on ne donnerait pas de sang-froid l'ordre de faire sauter un arsenal occupé par plusieurs centaines de personnes.

— Je déplore votre entêtement, déclara Tschato. Vous ne changerez rien à notre décision.

— Vous n'oserez pas ! s'écria l'Akonide, indigné.

Sur un signe de son supérieur, Suragne coupa la communication.

— Galaxie ! soupira Picot. Va-t-il falloir atterrir pour les expulser de force ?

— Encore trente secondes ! rétorqua le géant africain.

Bien calé dans son fauteuil, il ressemblait plus que jamais à un fauve apathique. Picot, quant à lui, réfléchissait fébrilement. Ces trafiquants étaient, selon les lois terraniennes, de véritables criminels qu'il convenait de châtier comme tels. Mais de là à les exécuter froidement, il y avait un pas à ne pas franchir.

Il n'eut pas le temps d'exprimer sa réprobation. Les premiers jets radiants fusaient déjà, illuminant l'atmosphère d'une mortelle aurore boréale. Picot se recroquevilla, le ventre noué. Dix minutes plus tard, la base ennemie n'existait plus. Tschato se leva pour rejoindre Suragne.

Les impulsions se répétaient à intervalles réguliers sur les détecteurs de structure. Tschato et Suragne observaient le processus, muets. Ne tenant plus en place, Picot les rejoignit, alors que le radio venait de transmettre au service informatique les données qu'il venait de capter.

— Nous allons bientôt pouvoir évaluer à quelle distance ces ondes sont émises, dit-il.

— Êtes-vous certain qu'il s'agit bien d'un vaisseau hyperspatial ? demanda Tschato.

— Non, avoua Suragne. Les séquences rythmiques

ne sont pas du tout caractéristiques d'une plongée dans l'hyperespace. C'est comme si le navire passait constamment de l'espace normal à l'hyperespace, sans même changer de position !

— C'est impossible ! s'écria Picot. D'après les lois de…

— Il y a peut-être plusieurs navires, coupa Tschato. Il s'agit sans doute d'une flotte qui pénètre dans la cinquième dimension.

— Mais la courbe énergétique est différente pour chaque astronef, objecta Suragne. Logiquement, les amplitudes devraient l'être aussi.

— Le mieux serait de ne pas nous en occuper, intervint Picot. Nous avons assez de soucis avec les contrebandiers. Songez seulement aux systèmes solaires qu'il nous reste encore à explorer.

— Oui, répondit le géant laconiquement.

Il pensait en réalité à tout autre chose qu'aux bases akonides du secteur oriental de la Voie Lactée.

Hendrix, responsable du service informatique à bord du *Lion*, entra pour remettre au commandant l'interprétation du message intercepté. C'était un petit homme trapu, dont la vivacité dénotait une intelligence remarquable.

— Curieux, fit Tschato. Le point d'émission se trouve à plus de huit mille années-lumière. Voilà pourquoi les déviations étaient si faibles. Enfin, pour un vol linéaire rapide, il s'agit d'une distance somme toute négligeable.

Picot grimaça.

— Vérifions, proposa-t-il, bien qu'il connût par avance la décision du géant.

Celui-ci ferma les yeux, comme pour se concentrer.

Picot aurait donné un mois de salaire pour savoir exactement quelles pensées défilaient dans son esprit.

— Nous allons localiser précisément ce mystérieux émetteur, conclut le capitaine.

Repérer l'endroit où se produisaient les ébranlements de structure était une tâche délicate pour un croiseur qui, isolé, ne pouvait avoir recours aux traditionnelles techniques de triangulation. Mais l'équipage du *Lion* était réputé pour sa chance insensée ; son équipe de détection n'eut aucun mal, aidée par le cerveau P, à identifier le système solaire d'origine du phénomène.

Dès que le résultat fut connu avec certitude, Tschato donna l'ordre d'accélérer afin de passer dans l'entr'espace. Après un vol de deux mille années-lumière, le *Lion* réémergea dans l'univers einsteinien.

— Les impulsions se rapprochent, annonça une vigie.

Le croiseur regagna l'espace linéaire. Il en était à sa troisième résurgence dans l'espace normal quand lui parvinrent d'autres signaux, indistincts et très faibles, de toute évidence des S.O.S.

Suragne appela Tschato pour lui communiquer le message qu'il venait de capter. Le commandant se contenta d'y jeter un bref coup d'œil. Tous les officiers de la flotte terranienne connaissaient ce code, qui pouvait signifier qu'on avait retrouvé Rhodan et ses compagnons – mais aussi que quelqu'un – qui ? – préparait un mauvais coup.

Résolu à suivre cette piste, Tschato donna sans plus attendre les ordres nécessaires.

CHAPITRE II

La soute du *Lion* contenait trois chaloupes ultramodernes de soixante mètres de diamètre. La présence de ces « canots de sauvetage » démesurés était indispensable à bord de croiseurs qui se risquaient dans les secteurs les plus reculés de la Voie Lactée.

En décodant le S.O.S., Tschato réalisa qu'il n'avait personne à qui le transmettre ; le *Lion* n'appartenait en effet à aucune escadrille. Il ne pouvait donc compter que sur ses propres forces, et le géant ne se faisait guère d'illusions au sujet des difficultés qui l'attendaient.

Suragne constata peu après que le signal de détresse avait été émis par le *Perdita*, astronef commandé par un mulot. Tschato prit alors une importante décision.

Il convoqua Walt Heintmann, l'observa un moment d'un œil indifférent, avant d'annoncer son intention de lui confier une mission spéciale. Le jeune homme scruta le visage de son supérieur sans réussir à savoir ce qu'il avait en tête.

— Avec quelques hommes, vous allez retourner

vers le Centre de la Galaxie à bord de la chaloupe *Lion III*.

— Mais des combats risquent d'avoir lieu par ici, objecta le jeune capitaine. Il y a sûrement des officiers plus âgés pour…

Tschato ne le laissa pas terminer.

— Vous alerterez la première flotte terranienne que vous pourrez contacter, dit-il sèchement. Informez n'importe quel commandant que nous avons un contact avec le *Perdita*, qui semble avoir retrouvé la trace de Perry Rhodan.

— Entendu, répondit Heintmann.

— Dépêchez-vous ! ordonna vivement le géant.

Le jeune homme quitta le poste central et forma en toute hâte un équipage pour appareiller le plus vite possible. Un quart d'heure plus tard, le *Lion III* sortait dans l'espace et mettait le cap sur le Centre de la Voie Lactée.

— Voilà notre assurance-vie qui s'en va, dit Tschato à Dan Picot.

— Nous en aurons certainement besoin, répondit ce dernier.

Le *Lion* poursuivit son vol linéaire. À cinquante années-lumière du soleil étranger, il regagna l'espace einsteinien. Suragne détecta dans ce secteur une bataille de Bleus.

— Ils sont plusieurs milliers, dit-il. Un navire terranien isolé n'a pas intérêt à se risquer dans le secteur.

— Les Bleus se battent entre eux, objecta Tschato. Ce qui les occupe est à un tel point qu'ils ne nous accorderont vraisemblablement aucune attention.

— Puis-je vous faire remarquer qu'ils se sont très souvent mis d'accord, chaque fois qu'il s'agissait de nous attaquer ?

— Exact, concéda l'Africain en croisant ses bras musclés. Toutefois, un petit « truc » nous permettrait d'améliorer notre sécurité...

Picot connaissait fort bien les « petits trucs » de son supérieur, auxquels, plusieurs fois dans le passé, il avait bien failli ne pas survivre. Il ferma les yeux, résigné et soumis.

— Nous allons faire sortir une deuxième chaloupe, annonça Tschato. Vertrigg, préparez-vous !

L'officier quitta sa place.

— Vous êtes notre seconde assurance-vie, continua l'Africain. Votre tâche consistera à maintenir le contact radio avec le *Lion*.

— Maintenir le contact radio ? s'écria Picot. Mais c'est comme si vous nous placiez sur table d'écoute !

— J'espère bien ! rétorqua le commandant à son subordonné abasourdi. Les Bleus nous découvriront de toute façon. Nous échangerons donc des messages avec le capitaine Vertrigg, afin qu'ils croient à l'approche d'une armada terranienne.

Picot regarda l'écran panoramique, sceptique. Le *Lion* faisait route vers une région où les Bleus fourmillaient. Certes, Heintmann leur viendrait peut-être en aide, accompagné d'autres croiseurs terraniens, mais rien n'était moins sûr. Et cette misérable chaloupe qui devait à elle seule simuler l'existence de toute une flotte ! Ne s'agissait-il pas d'une entreprise insensée ?

— On y va ! commanda Tschato, interrompant le cours des pensées de son collaborateur.

CHAPITRE III

Un mulot ne pouvait pas devenir un héros du jour au lendemain. Il fallait qu'il fût né tel, l'amiral Gecko s'en rendit compte lorsqu'un Unitair apporta au poste central le cadavre d'un de ses congénères. C'était le deuxième mort que les mulots avaient à déplorer depuis que les Bleus pourchassaient le *Perdita*. Chez les Unitairs, il y avait eu trois victimes, et une parmi les Willis.

— Comment est-ce arrivé ? demanda Gecko.

— Un incendie nucléaire a éclaté dans la salle des machines, répondit l'Unitair.

Sentant sa responsabilité engagée, l'amiral ne pouvait détacher les yeux du corps inerte de son camarade. Son plan avait en effet mis tout l'équipage en danger. Il n'aurait jamais dû demander à Arthur Astrur l'autorisation de mener une telle opération.

Il contrôla rapidement les écrans. C'était surtout l'alimentation en énergie qui l'inquiétait. Les générateurs n'en avaient vraisemblablement plus pour très longtemps. Ce qui signifiait qu'il ne serait bientôt plus possible de manœuvrer le navire, qui deviendrait alors une cible idéale pour les Bleus, d'autant que l'équipage avait déjà du mal à effectuer une simple plongée dans l'espace linéaire.

Et voilà que le feu, nucléaire de surcroît, venait de se déclarer ! Gecko n'eut pas besoin d'interroger le messager unitair pour comprendre qu'il s'agissait d'un foyer impossible à éteindre. Le vaisseau allait donc se consumer lentement.

Comme l'intercom ne marchait plus, on perdait un temps infini à transmettre les ordres donnés par l'amiral.

— Faites évacuer le pont inférieur ! commanda celui-ci.

Dans son désespoir, Gecko avait la satisfaction de se dire qu'ils avaient tout de même retrouvé Rhodan et ses compagnons. Il souhaitait, qu'attirés par le *Perdita*, les Bleus se soient désintéressés des Terraniens. Mais à quoi bon savoir Rhodan vivant, s'ils ne pouvaient pas transmettre l'information à la Terre ? Ils s'étaient trop enfoncés dans cette région de la Galaxie et aucun astronef de l'Empire ne patrouillait assez près pour capter un message.

L'éclairage du poste central se mit à vaciller. Le mulot comprit que, dans quelques minutes, le vaisseau réintégrerait l'espace normal, la puissance des propulseurs ne suffisant plus à le maintenir en vol linéaire. Les Bleus n'auraient alors plus aucun mal à les repérer.

Gecko les voyait déjà foncer sur le *Perdita*, prêts à ouvrir le feu. Comme l'écran protecteur ne résisterait pas longtemps, la destruction du navire ne faisait aucun doute.

La fin de l'amiral Gecko approchait à grands pas.

L'équipage lui avait fort heureusement pardonné ses caprices, quand le malheur s'était abattu sur eux. Il ne savait d'ailleurs pas comment il était parvenu à dissimuler ses angoisses. Quoi qu'il en fût, aucun des mulots ne soupçonnait qu'il n'était pas le héros sous le masque duquel il se dissimulait.

Il alluma les écrans des détecteurs. Un grand nombre de vaisseaux patrouillaient dans le secteur ; toute la question était de déterminer leur position exacte.

Le mulot se gratta désespérément le crâne. La situation sentait le roussi. L'hypercom émettait toujours le S.O.S. qui devait théoriquement attirer les astronefs terraniens. Hélas, il semblait bien que seuls les Bleus naviguaient dans cette zone perdue de la Galaxie. Quelques-uns de leurs navires s'élancèrent soudain vers le croiseur.

Cette fois, le vol linéaire ne dura pas plus de sept minutes. Lorsqu'ils replongèrent dans l'univers einsteinien, le mulot comprit que les Unitairs ne réussiraient pas la manœuvre une fois de plus. Il appuya avec dépit sur les touches du tableau de bord, s'attendant à y voir apparaître la flotte bleue. À cet instant, une tourelle explosa. La violence de l'explosion déporta le navire. Les Unitairs se mirent à vociférer. Gecko comprit très vite que leur comportement était en fait l'expression de leur résignation. Quelques secondes plus tard, la nef fut plongée dans l'obscurité. Elle n'était plus qu'un amas de ferraille, emportant dans ses flancs des vies sans importance.

Les Unitairs se calmèrent instantanément ; Gecko les entendit se remettre au travail. Heureusement, ni les commandes, ni les écrans n'étaient touchés par la panne de courant. Le mulot se cramponnait en tremblant aux accoudoirs de son fauteuil. Obsédé par l'attaque des Bleus qu'il jugeait imminente, il s'entendit donner des ordres absurdes. Bien que les Unitairs eussent fini par trouver l'éclairage de détresse et que l'hypercom diffusât sans arrêt le même S.O.S., le mulot ne réussissait pas à chasser le sentiment de panique dont il était la proie. Dans son désarroi, il en venait à souhaiter l'arrivée de l'ennemi, afin d'en finir très vite. Le plus vite possible.

*
** *

Nome Tschato donna l'ordre de quitter l'entr'espace quand le *Lion* atteignit la périphérie du système solaire étranger. L'astrogateur fit aussitôt le point, mais la présence de l'ennemi rendait l'opération délicate, car les repérages se superposaient sans cesse. Suragne et ses hommes eurent finalement de la chance : ils détectèrent le *Perdita*, dont ils réussirent à déterminer la position exacte.

— Essayez de prendre contact avec eux, ordonna le géant. Dites à leur commandant que nous prendrons son équipage à notre bord.

Tschato avait compris que, pour des raisons inconnues, le *Perdita* n'arrivait pas à quitter le système. Il supposait qu'une panne de propulseur l'empêchait de se réfugier dans l'espace linéaire.

Picot ne quittait pas les écrans des yeux.

— Excusez-moi, dit-il en s'adressant à son supérieur, mais si nous nous approchons, c'est à nos risques et périls.

Le géant bâilla en s'enfonçant dans son fauteuil.

— Les Bleus ignorent notre présence, répondit-il

avec indifférence. Il faut être plus rapide qu'eux, c'est tout.

C'était vraiment tout. Picot tremblait de tous ses membres, soulagé de ne pas être obligé de se tenir debout ; ses jambes ne l'auraient vraisemblablement pas soutenu.

— Vous avez vieilli, Dan, observa dédaigneusement l'Africain.

— C'est évident, répliqua Picot, vexé. Votre remarque m'étonne.

— Je crois que je ne m'occupe pas assez du bien-être de mon équipage, admit Tschato sur un ton qui signifiait que rien ne changerait.

— J'ai un ulcère à l'estomac et le service à bord me stresse.

— Souhaitez-vous que je demande votre retraite anticipée ?

Une étincelle illumina le regard de Picot. Ainsi, même en plein danger de mort, le géant aux dents étincelantes cédait à la tentation de se moquer de son premier officier !

— Je suis très résistant, grommela celui-ci. J'ai déjà survécu à plusieurs commandants.

En apportant un message, Suragne sauva Picot d'une observation sulfureuse.

— Le commandant du *Perdita* est un certain amiral Gecko, déclara Tschato. Ça vous dit quelque chose, Dan ?

— Jamais entendu ce nom.

— C'est un mulot, ajouta laconiquement le géant. Un incendie atomique s'est déclaré à bord, les propulseurs ne fonctionnent plus et Gecko craint de ne pas survivre à une nouvelle attaque des Bleus. Nous nous trouvons actuellement dans le système de Simban. Trois planètes seulement orbitent autour de ce soleil. Perry Rhodan et ses compagnons sont réfugiés sur Roost, la deuxième planète. Le mulot nous a assurés qu'ils n'y sont pas en sécurité.

En rendant le texte à Suragne, il ajouta :

— Dites-leur de se préparer à quitter le *Perdita* pour se réfugier à bord du *Lion*.

Le radio disparut.

« Il ignore qu'il va émettre l'annonce de sa propre fin », pensa Picot avec amertume.

Celui-ci avait en effet conscience que l'opération nécessitait une manœuvre délicate : il était difficile de régler la vitesse du *Lion* sur celle du croiseur, qui ne pouvait leur apporter aucune aide.

Le *Lion* pénétra une nouvelle fois dans l'entr'espace, puis Tschato coupa le convertisseur Kalup et le navire réémergea à proximité du *Perdita*. Ils constatèrent que le feu nucléaire gagnait rapidement l'ensemble du bâtiment dont la coque rougeoyait par endroits. Picot soupçonna que les survivants s'étaient réfugiés dans le sas principal.

De rapides détections révélèrent qu'aucun navire bleu n'était en vue.

— Tenez-vous prêt, Duprène ! ordonna Tschato au responsable de l'informatique.

Ce dernier échangea un regard avec le premier officier, qui ne comprenait pas plus que lui les intentions du géant.

Le *Lion* passa au-dessus du petit navire. À vitesse réduite, le champ magnétique de l'imposant croiseur aurait suffi à l'attirer dans son sillage.

Picot crut un moment qu'ils avaient dépassé leur

objectif, mais un coup d'œil sur les écrans le rassura. Le *Perdita* se trouvait juste au-dessous d'eux.

— Les rayons tracteurs ! ordonna Tschato.

Les champs d'énergie entrèrent en action, entraînant le petit vaisseau comme des mains invisibles.

— Alors, Suragne ? demanda le commandant, aussi serein que s'ils venaient d'exécuter un exercice de routine.

— Ils sont tous dans le sas et portent déjà leur combinaison, répondit celui-ci.

— Parfait, déclara Tschato.

Après avoir mis en marche le pilotage automatique, il fit signe à l'informaticien de le suivre. Ils se dirigèrent vers le sas du pont inférieur, où étaient rangées les combinaisons spatiales.

— Allons-y !

En subordonné soumis, Duprène ne posait pas de questions. Quand il eut vérifié toutes les sécurités, la porte s'ouvrit. Un frisson lui parcourut tout le corps à la vue du néant piqueté d'étoiles. Il jeta à la dérobée un regard vers le géant, que ce spectacle semblait laisser tout à fait indifférent. Il sentit pourtant l'angoisse de son compagnon.

— Allons, courage ! grommela-t-il en se jetant dans le vide.

Duprène aperçut à cet instant la minuscule flamme de son réacteur, qui luisait comme une aiguille ardente dans la pénombre. Enfin, il bascula à son tour, exécutant un roulé-boulé. Les points lumineux du Centre de la Voie Lactée devinrent un kaléidoscope flamboyant. Il alluma son réacteur pour stopper sa rotation et s'éloigner du *Lion* en ligne droite. Au-dessous de lui, Tschato s'approchait régulièrement du *Perdita* que l'on pouvait aisément repérer, grâce aux flammes dont il était la proie. Malgré la distance, Duprène aperçut l'équipage quitter l'épave. Il continua à avancer, puis passa devant les rescapés. Quand il arriva à proximité du navire, Tschato le poussa à l'intérieur.

— Coupez votre réacteur, lui ordonna-t-il calmement.

Duprène s'exécuta en rougissant, et retrouva instantanément son équilibre. Comme Tschato ne l'attendait pas pour commencer à explorer le vaisseau en perdition, il se dépêcha de lui emboîter le pas.

— Croyez-vous pouvoir manipuler les ordinateurs du bord ? lui demanda le géant, tandis qu'ils se dirigeaient vers le poste central.

— Oui, assura l'informaticien, heureux de se sentir utile.

Il se dirigea hâtivement vers les commandes et poussa un soupir de soulagement, après y avoir jeté un coup d'œil.

— Tout va bien ? demanda Tschato.

— Ça a l'air de fonctionner.

— Programmez le pilotage automatique et faites en sorte que, dans dix minutes, toutes les tourelles encore en état fassent feu dans toutes les directions.

Duprène avait le gosier asséché par l'angoisse. Où serait-il dans dix minutes ? Tschato croyait-il sérieusement qu'ils pourraient retourner si vite à bord du *Lion* et quitter ce périlleux secteur ?

— Qu'attendez-vous ? lui hurla le géant.

Angoissé, il se mit à l'ouvrage. Un moment, il fut tenté de prolonger les dix minutes à son gré, mais il y renonça, craignant la réaction de son supérieur.

— Terminé, dit-il finalement, alors que Tschato prenait dans ses bras le mulot mort qui gisait sur le sol, triste petite boule de fourrure aux grands yeux éteints.

Ce spectacle le stupéfia ; il n'aurait jamais pensé que la mort d'autrui pût toucher le géant.

Ils se hâtèrent vers le sas et, cette fois, Duprène n'hésita pas à sauter dans le vide. Dès qu'ils arrivèrent à bord du *Lion*, Tschato enleva vivement son casque pour lancer un appel intercom :

— Allô, Dan ? Tous les rescapés sont-ils là ?

— Nous sommes en train de les répartir dans des cabines. Mais l'amiral Gecko tient à rester au poste central.

— Bien, répondit le géant. Nous appareillons immédiatement. Passez en vol linéaire !

Il souriait paisiblement en ôtant sa combinaison. Duprène s'aperçut alors qu'il n'avait pas emmené l'Ilt mort ; sans doute l'avait-il abandonné dans l'espace. Ils rejoignirent Picot, qui était en compagnie d'un étrange mulot en uniforme. Gecko ne correspondait évidemment pas à l'idée que l'on se faisait généralement d'un amiral.

Lorsque Tschato s'approcha de son siège, il se détourna de Picot, qui ne dissimula pas son soulagement.

— C'est vous le commandant de ce navire ? gazouilla Gecko.

Sans se préoccuper de la petite créature à queue de castor, le géant consulta sa montre, puis vérifia la distance qui les séparait du *Perdita*.

— Je crois qu'il est suffisamment éloigné, remarqua-t-il. Il ne faut pas rater le spectacle.

On ne pouvait ignorer quelqu'un plus superbement. Cela mit Gecko d'autant plus en rage que la relative sécurité dont il jouissait de nouveau lui rendait toute son arrogance.

— J'ai l'impression que vous ne m'avez pas bien compris ! hurla-t-il.

— Vous êtes un des rescapés ? demanda Tschato sans même daigner lui accorder un regard.

— Rescapé ? rugit le mulot hors de lui. Je suis l'*amiral* Gecko.

— Faites sortir l'amiral, ordonna le géant avec un geste méprisant. Il me dérange.

Picot s'approcha de la petite créature velue et la poussa doucement vers la porte.

— Vous n'avez pas le droit de me traiter comme un meuble qu'on déplace à son gré ! protesta le mulot, toutes griffes dehors.

Tschato appela alors son subordonné pour lui montrer ce qu'il distinguait sur les écrans de détection.

— Ce point est le *Perdita*, expliqua-t-il. Les autres taches autour, ce sont les Bleus qui s'apprêtent à passer à l'attaque.

Il regarda sa montre.

— Bon sang ! Je n'aurais jamais pensé que ça marcherait si bien. Duprène a mobilisé toutes les armes de l'épave pour qu'ils croient à une ultime tentative de défense. Ils vont naturellement détruire le croiseur. Comme ils ne soupçonnent pas notre présence, nous pouvons espérer que le tour est joué ; ils vont imaginer que tous leurs adversaires sont hors d'état de nuire.

Quelques secondes plus tard, le croiseur explosa.

— Et maintenant, conclut Nome Tschato, allons sauver Rhodan.

*
* *

Représentant de l'ethnie de Tentra, Tan-Pertrec, le commandant de la flotte des Bleus, avait rivé ses yeux de chat sur les écrans qui tapissaient le mur. Il se demandait s'il fallait exécuter l'ordre de ses supérieurs : anéantir la population de la planète Roost. Ce n'étaient pas les scrupules qui le faisaient hésiter, mais les quelques inspections télépathiques qu'il avait menées.

En effet, il soupçonnait sérieusement la présence sur Roost de Perry Rhodan et d'autres personnalités de cet Empire qu'il combattait avec acharnement. La destruction du navire terranien le rassurait, car elle supprimait tout soutien aux naufragés, que les indigènes n'aideraient pas, par crainte de représailles de la part des Bleus. Dans ces conditions, Tan-Pertrec pouvait raisonnablement espérer enfermer ces éminents Terraniens dans les geôles des Bleus, et ainsi faire pression sur l'Empire, de même que sur tous les peuples qui leur étaient hostiles.

Tan-Pertrec savait qu'il y avait toujours un risque à interpréter les ordres, mais il était jeune, ambitieux, et savait aussi qu'un succès lui apporterait les honneurs, la réussite sociale, la puissance... Tout ce dont il rêvait depuis des années. Il décida donc de tenter sa chance : il massacrerait les indigènes, mais épargnerait Rhodan, pour l'enlever.

Il était à peu près renseigné sur l'endroit où se trouvaient les fugitifs, mais un seul vaisseau ne suffisait pas pour exécuter son plan. Sept astronefs reçurent l'ordre de le suivre, tandis que le reste de la flotte se déployait pour former une couverture autour du système de Simban.

Il souriait d'aise de sentir le succès à portée de la main. Et quel succès ! Mais attention, les Terraniens demeuraient des adversaires redoutables. Il convenait de rester sur ses gardes tant que l'opération n'était pas achevée. Rêvant de son triomphe, il mit le cap sur Roost. Mais quelques minutes plus tard, un navire inconnu apparut sur les écrans des détecteurs.

CHAPITRE IV

Persuadé que ses jours étaient comptés, Dan Picot maudissait le jour où il avait pris son service à bord du *Lion*. Grisé par les récents succès, Nome Tschato semblait ne plus connaître de limites. Il n'avait pas du tout l'intention de se replier afin d'évacuer ce secteur périlleux ; au contraire, il considérait les événements de ces derniers jours comme un encouragement à tenter des opérations encore plus téméraires.

Picot avait fini par changer de couleur : son visage avait la grisaille d'un vieux mur délavé par les intempéries.

— Toute une armada ennemie patrouille entre Roost et nous, annonça-t-il.

Le géant se gratta pensivement le menton en affichant une mine sereine. Le premier officier perdit espoir de le voir changer d'avis. Mais pourquoi diable s'obstinait-il dans le refus d'attendre les renforts terraniens qui chasseraient les Bleus ? La réponse était pourtant évidente : plus ils tergiversaient, plus le risque augmentait que Rhodan et ses amis soient capturés par les « têtes de soupières ». En fait, Tschato n'avait pas le choix. Il lui fallait tenter de sauver les naufragés par une action désespérée. Picot, malgré ses réticences, dut se familiariser avec l'idée que le géant lui exposa, crayon en main.

— Voici Roost, expliqua Tschato en dessinant un cercle. Actuellement, environ un million de kilomètres nous en séparent. Nous nous trouvons ici.

Picot examina le schéma sommaire que son supérieur achevait en traçant un nuage de points entre le *Lion* et la planète.

— Voici la flotte ennemie, continua-t-il. Elle se trouve à quelques quatre cent mille kilomètres de Roost.

— En effet, murmura sombrement Picot, voilà une bonne distance pour former un écran protecteur en orbite. Si nous voulons atterrir, il nous faudra sortir de l'espace linéaire sous le nez des croiseurs.

Traçant une ligne qui allait du *Lion* jusque derrière les rangs ennemis, Tschato ajouta :

— Nous pourrions procéder de cette manière...

Picot mit quelques secondes à comprendre, tant l'entreprise lui paraissait insensée. Il s'attendait à une proposition *géniale*, pas à une *folie*...

— Je ne saisis pas bien, répondit-il, tandis que le géant contemplait son dessin comme s'il s'agissait d'une œuvre de valeur.

— L'idée est en effet peu ordinaire, répliqua Tschato en souriant. Nous nous rematérialiserons dans l'univers einsteinien *derrière* les vaisseaux bleus ! Eh bien, qu'en pensez-vous ?

— Il y a plusieurs manières de se suicider, commença Picot après quelque hésitation. Je souhaite, pour ma part, une mort sans douleur. Si nous n'arrivons pas à ruiner Roost, nous aurons du moins la consolation de nous faire ratatiner comme une crêpe.

— Dan ! Depuis combien de temps sillonnons-nous ensemble la Galaxie ?

Picot se raidit. Le Noir aimait faire appel aux sentiments.

— Depuis sept ans, dit-il, la gorge nouée.

— Nous avons traversé de nombreux dangers au cours de ces sept années, déclara Tschato, soudain très solennel.

— Je vous en prie ! coupa Picot. Ces sept années m'ont donné des sueurs froides, des maux de tête et un ulcère à l'estomac ! Je vous remercie de votre amitié, mais vous ne pouvez exiger mon approbation en ce qui concerne ce projet délirant.

Le géant devint brusquement sérieux.

— Vous êtes un homme tolérant qui possède un grand sens de l'humour, déclara-t-il. Je ne vous force pas à me suivre au-delà de la ligne des croiseurs bleus, sous prétexte que j'en ai donné l'ordre. Une chaloupe est à votre disposition ; vous pouvez nous quitter. Rien ne sera changé entre nous. Si le *Lion* s'en tire, vous pourrez reprendre vos fonctions à bord.

Les mains jointes, Picot regardait dans le vide.

— Je ne vous ordonne rien, ajouta l'Africain. Je vous demande seulement de m'aider.

— Permettez-moi de vous parler d'homme à homme, répondit l'officier, embarrassé. Vous êtes le commandant le plus rusé, le plus courageux et le plus fou de la Galaxie. Et moi, je suis un imbécile parce que je me laisse convaincre… Comment allons-nous procéder ?

— Quand nous surgirons derrière les « têtes de soupières », nous filerons d'une vitesse proche de celle de la lumière. À ce moment, à peine 250 000 kilomètres nous sépareront de Roost. Ce qui signifie que nous ne pourrons pas décélérer à temps.

— Nous n'avons pourtant pas le choix, objecta Dan Picot. Tout mouvement latéral nous expédiera droit vers les nefs ennemies.

— Je sais, répliqua Tschato en se penchant sur son croquis. Mais si nous réussissons à survoler la planète suivant une trajectoire tangentielle, de sorte que le *Lion* frôle les couches supérieures de l'atmosphère, cette manœuvre accentuera notre décélération, ce qui devrait nous permettre d'éjecter une vedette rapide.

— Vous savez aussi bien que moi qu'il est impossible, à une telle vitesse, de suivre avec précision une trajectoire tangentielle. Il suffirait de trop nous approcher de la planète pour que le *Lion* explose comme s'il avait heurté une montagne. En outre, je me demande qui vous comptez placer à bord de la vedette… Et puis, avez-vous pensé aux conséquences qu'aura notre résurgence sur la planète et son écologie ?

— Ce que nous savons à ce sujet reste purement théorique, répliqua le commandant. Tout peut arriver, comme par exemple l'interruption forcée de notre vol linéaire dès que nous pénétrerons dans le puits de gravité de ce monde…

Sans laisser à Picot le temps de soulever la moindre objection, il brancha l'intercom afin d'informer l'équipage de son projet. Il ne cacha rien à ses hommes, pas même le faible pourcentage de réussite de la manœuvre. Comme Picot, il les laissa libres d'embarquer à bord d'une chaloupe pour tenter de rejoindre le secteur galactique occupé par les Terraniens.

— Chacun de nous a une part de responsabilité dans le destin de Perry Rhodan et de ses compagnons, conclut-il. N'oublions pas que le Stellarque a souvent risqué sa vie pour les autres. Nous ne devons pas hésiter à faire de même, puisqu'il se trouve en danger.

Le poste central croula sous une vague d'applaudissements enthousiastes. Tschato attendit encore un moment, mais nul ne manifesta le désir de faire défaut à l'opération.

Tandis que le géant mettait au point avec son collaborateur les derniers préparatifs, Gecko s'approcha d'eux. Une fois calmé, il avait reçu de Tschato l'autorisation de se déplacer librement. Il attendit la fin de la discussion, puis vint se planter devant le commandant.

— Je vous demande de me laisser embarquer à bord de la vedette, lui lança-t-il d'une voix sonore. Deux mulots sont en danger sur Roost.

À la surprise de Picot, l'Africain acquiesça.

— C'est entendu, mon petit. Tu peux nous accompagner.

— C'est en tant qu'amiral que je participerai, déclara-t-il pompeusement. Tschato s'inclina devant lui.

— Comme il vous plaira, Amiral avec-un-grand-A.

Le mulot eut un geste large et s'éloigna en se dandinant.

— Vous voulez vraiment emmener ce nain mégalomane ? demanda Picot.

— Il ne nous dérangera pas, répliqua le géant. Il sera peut-être même efficace. Qui sait ?

Considérant que la question était réglée, il ordonna de préparer la vedette en vue de sa sortie dans l'espace. Pendant ce temps, Hendrix s'occupa des ordinateurs, dont les calculs devaient programmer le vol en fonction du cap prévu. Le dépit ne tarda pas à se peindre sur son visage, car il n'arrivait pas à obtenir de données précises. Ils seraient donc obligés de naviguer à l'aveuglette, d'où un facteur de danger considérable, accru par le fait que Tschato n'hésiterait pas à interrompre le vol linéaire du *Lion* en un point sensible, au risque de perturber l'équilibre du système dans son ensemble.

L'appareil fut bientôt prêt. Picot, le commandant et le mulot vantard prirent place à bord.

— Je dois vous faire remarquer, dit Hendrix en tendant la disquette contenant la programmation du pilote automatique, que les données sont trop vagues. Si vous manquez de chance, vous exploserez dans l'atmosphère, à moins que vous ne ratiez la planète.

— Je sais, répondit l'Africain avec un calme souverain.

Il introduisit la disquette dans le lecteur prévu à cet effet.

Dan Picot, qui avait espéré jusqu'au dernier moment que le géant renoncerait à ce projet insensé, semblait pétrifié de terreur.

Waso Netronow, qu'une calvitie précoce et un dos voûté vieillissaient considérablement – il n'avait que vingt-sept ans mais en paraissait bien quinze de plus – était aux commandes. C'était un homme expérimenté, qui savait conserver son sang-froid dans toutes les situations.

— Dès que nous serons expulsés, la fuite devant les Bleus commencera, lui expliqua Tschato en regardant par-dessus ses larges épaules. D'ici là, les « têtes de soupières » nous auront repérés, mais vous pourrez faire intervenir les canons transformateurs, si vous estimez qu'il n'y a pas trop de risques. Toutefois, n'oubliez pas que nous avons encore besoin du *Lion*.

— Bien sûr, acquiesça le pilote.

— Encore une chose, continua le géant. Pendant la fuite, entrez en contact avec le *Lion II*. Vertrigg est au courant. Il répondra à vos messages de telle manière que les Bleus croiront à l'approche d'un très grand nombre de vaisseaux terraniens. Naturellement, conclut-il avec ironie, il vous faudra trouver le moment opportun.

Il prit congé, avant de gagner le poste central, en compagnie de Picot. Gecko les y attendait, harnaché des pieds à la tête.

— Je suis paré, commandant, pépia-t-il fièrement. L'amiral Gecko va montrer à ces « têtes de soupières » de quel bois se chauffe un astrogateur de l'Empire qui commande un bon croiseur.

Picot évita son regard ; Tschato hocha la tête pensivement. Ils se dirigèrent vers le puits anti-g Tschato, géant noir qui se déplaçait comme un fauve ; Picot, officier aux jambes arquées, avec plus de plis soucieux sur le visage que de cheveux sur la tête ; et Gecko, mulot grassouillet, fort en gueule et mégalomane.

Tendu et angoissé, Dan Picot ne quittait pas des yeux le sas béant. Il essayait de réaliser qu'ils allaient, dans quelques instants, être expulsés dans l'immensité du vide. Tandis que le mulot gémissait doucement, Tschato gardait un silence impénétrable, donnant une impression de force et d'assurance inébranlables. Picot lui trouvait une certaine parenté avec le néant qu'il fixait, quelque chose de cette grandeur, de ce mystère insondable des espaces infinis.

— Dan, appela-t-il soudain. (Sa voix fit tressaillir agréablement le premier officier, bouée de sauvetage à laquelle il se raccrocha.) Tout est paré ?

Cette question ne fit qu'accroître son effroi, car rien n'était « paré ».

— Oui, s'entendit-il répondre.

— Nous volons déjà à une vitesse subluminique, continua le géant.

Picot sentit à cet instant quelqu'un s'approcher de lui. Gecko, ayant à nouveau perdu sa dignité, recherchait un contact rassurant. Il s'agrippa frileusement aux jambes du Terranien qui écoutait les bribes d'une conversation entre Tschato et Netronow.

— Attention, Dan ! cria le commandant.

La vedette venait d'être catapultée hors de l'astronef avec une violence qui aurait broyé les passagers s'ils n'avaient pas possédé des neutralisateurs de gravité. Ils eurent tout de même le sentiment que l'appareil allait se disloquer sous l'effet du choc.

D'une seconde à l'autre, Picot se trouva dans un autre monde. À la vue de l'épais brouillard qui les enveloppait, il pensa que c'était sans doute là un signe avant-coureur de la nuit éternelle. Au sein de cet univers cotonneux, Tschato grommela d'une façon on ne peut plus terrestre.

— On y est ! s'exclama-t-il.

Picot dut déglutir à plusieurs reprises avant de réussir à proférer une parole. Des questions angoissantes s'entrechoquaient sous son crâne... Qu'était devenu le *Lion* ? La vedette se trouvait-elle déjà au-dessus de Roost ? Tschato et le mulot étaient-ils sains et saufs ?

L'Africain l'informa soudain qu'ils volaient à une trentaine de kilomètres au-dessus de la planète et qu'il tentait présentement d'établir le contact avec le *Lion*.

Peu après, il échangea quelques mots avec le croiseur. La conversation fut trop brève pour être interceptée par les Bleus.

— Tout va bien à bord, annonça-t-il. Espérons que la chance va nous sourire !

— Mon Dieu ! répondit Picot. Je n'aurais jamais cru que nous y arriverions !

— Moi non plus, avoua Tschato. Mais puisque nous y sommes, nous allons faire tout notre possible pour libérer Rhodan et ses compagnons.

Pendant un certain temps, le *Lion* vola dans cette terrible zone qui se situe entre l'être et le non-être. La coque fut soumise à rude épreuve. Il traversa les couches atmosphériques supérieures de Roost comme s'il devait se frayer un passage à travers une boue visqueuse. Malgré sa rareté, l'air offrait une terrible résistance.

Netronow fut soulagé lorsque le croiseur réintégra l'espace libre. Ses bourdonnements d'oreille se calmèrent, alors que tout l'équipage annonçait, chacun pour son poste, que tout allait bien. La sérénité revint tout à fait quand Suragne capta le message de la vedette.

Hélas, la flotte des Bleus n'eut aucun mal à repérer très vite le *Lion*. Trois unités s'en approchaient déjà à toute allure.

Sachant que l'ennemi se trouvait en état d'alerte, Netronow donna à Suragne le signal convenu. Tous les appareils hypercom se mirent aussitôt en marche, émettant force messages de détresse.

À cinquante années-lumière de là, le *Lion II* répondit immédiatement sur un registre de faible intensité, pour que les Bleus croient l'émetteur très éloigné et qu'ils imaginent l'intervention imminente d'une armada terranienne. Netronow, qui les observait, enregistra leur hésitation avec satisfaction. Toutefois, dès qu'ils furent certains que le danger n'était pas pour tout de suite, ils continuèrent leur manœuvre offensive. Le *Lion* se maintint dans l'espace normal ; Netronow avait conscience de la redoutable efficacité des canons à transformateurs grâce auxquels il pourrait soutenir l'attaque des trois croiseurs. Il n'oubliait pas l'importance de l'enjeu ; ils n'avaient en effet pas le droit d'échouer, s'ils tenaient à sauver Rhodan. Quelques minutes plus tard, les armes prirent la parole.

CHAPITRE V

Le triscaphe roulait sur la colline marécageuse sans prendre garde aux plantes qui y étaient éparses. Il s'arrêta devant le premier bouquet d'arbres et le cockpit s'ouvrit. Un visage hirsute apparut, scrutant les alentours.

— Je parierais gros que nous ne pourrons pas rester longtemps ici, déclara Melbar Kasom en enjambant le bord de l'écoutille.

Il posa avec précaution un pied à terre, puis, constatant qu'il ne s'enfonçait pas, risqua quelques pas.

— Tout va bien, dit-il au bout d'un moment.

Comme ils se trouvaient à proximité d'une des mers de boue dont la planète ne manquait pas, il convenait de se montrer doublement prudent. Les habitants de ces marécages étaient en général des herbivores inoffensifs, mais on pouvait aussi rencontrer des sauriens, qui l'étaient nettement moins.

Après que les Bleus eurent découvert leur cachette dans la montagne, Rhodan et ses compagnons avaient dû prendre la fuite en direction de la plaine. Ils comptaient se mettre en sécurité dans la forêt vierge qui la couvrait.

La subite rupture du contact avec le *Perdita* laissait supposer la disparition de celui-ci, voire sa destruction. Rhodan avait peu d'espoir que le signal de détresse émis par les mulots ait été intercepté par un vaisseau terranien.

Suivi d'Atlan, de Bully et de Lenoir, le Stellarque descendit du triscaphe. Mory Abro, trop épuisée, resta à bord en compagnie des mulots Emie et Bokom. Tout comme le fascinateur, ces derniers apportaient une aide précieuse, car ils étaient capables de détecter avant tout le monde les croiseurs de reconnaissance des Bleus.

Rhodan avait la conviction que ceux-ci étaient au courant de leur présence sur Roost. On ne pouvait en effet expliquer autrement les recherches auxquelles ils se livraient. Dans le cas contraire, ils se seraient contentés d'exterminer la population de la planète pour faire de la place à leurs colons.

Lorsqu'ils rejoignirent Kasom, ce dernier leur déclara nerveusement qu'il était affamé. Il leur jura qu'il dévorerait un saurien entier, s'il avait l'occasion d'en attraper un.

Après les plaisanteries d'usage sur la boulimie congénitale de l'Étrusien, ils explorèrent les environs. Quelques minutes plus tard, Mory Abro apparut dans le cockpit. Sa coiffure en hauteur, qui dégageait sa nuque fine, la rendait singulièrement séduisante. Elle leva le bras pour faire signe aux hommes. Ce fut le dernier mouvement précis que Rhodan distingua ; dans les secondes qui suivirent, son geste devint flottant et son corps fut saisi de vibrations au point qu'on eut l'impression qu'il se disloquait. Rhodan mit du temps à réaliser que tous les autres objets et lui avec, étaient la proie de ce terrible ébranlement qui semblait venir de l'intérieur de la planète.

Il entendit le cri de la jeune femme qui venait de retomber à l'intérieur du véhicule. Ses camarades chancelèrent, comme des pantins désarticulés.

Les Bleus bombardaient-ils la région ou s'agissait-il d'une catastrophe naturelle d'une ampleur incroyable ? Comme les secousses devenaient de plus en plus fortes, le Terranien finit par perdre l'équilibre lui aussi. Les traits crispés par l'effort, Kasom se maintenait sur ses jambes. Tous les autres avaient été jetés à terre.

Un arbre gigantesque fut déraciné dans un effroyable vacarme.

« Il va tomber sur le triscaphe ! » pensa Rhodan, terrifié.

Avec l'énergie du désespoir, il se traîna jusqu'au véhicule chenillé. Le sol lui rappelait un animal monstrueux tentant de se libérer de son cavalier. Des feuilles tourbillonnaient dans l'air chargé de poussière. Rhodan allait atteindre son but, lorsque l'arbre fut définitivement arraché. Il voulut crier, mais sa voix fut retenue dans son gosier desséché. L'arbre tomba devant le triscaphe. Une lumière flamboyante illumina brusquement le ciel.

Enfin, les tremblements cessèrent. Des nuages d'insectes s'élevèrent dans la touffeur de l'air ; dans le lointain montait le hurlement effaré d'un animal qui s'enfuyait.

Rhodan se releva péniblement, regardant autour de lui : Kasom, Bully et Lenoir n'étaient pas loin, mais Atlan avait disparu. Une large fissure le séparait de ses compagnons. Son cœur se serra. L'Arkonide avait-il été enseveli par un glissement de terrain ou était-il tombé au fond d'une crevasse ? Un grondement sourd continuait de résonner dans l'atmosphère ; toute la planète semblait en rébellion. La tranchée avait éventré le terrain jusqu'à l'endroit où le triscaphe était stationné. Çà et là montaient des filets de fumée.

— Les mulots ! s'écria Bully. Il faut qu'ils essayent de sauver Atlan par télékinésie !

Rhodan s'était approché de la crevasse. Au bord, la terre s'effritait dangereusement et il eut du mal à ne pas y tomber lorsqu'il se pencha pour appeler son camarade. Il aperçut celui-ci qui gisait dix mètres plus bas. Se plaçant directement au-dessus de lui, il constata avec joie qu'il vivait encore.

— Nous allons le sortir de là, annonça le Terranien.

Comme il retournait rapidement au triscaphe, il aperçut Mory qui en descendait, apparemment saine et sauve ; il soupira de soulagement, puis entreprit de lui expliquer ce qui était arrivé à Atlan :

— Il est tombé dans une crevasse. Il faut que les mulots le tirent de là.

— Il est blessé ?

Il perçut un léger tremblement dans sa voix qui le troubla. En même temps, la sollicitude qu'elle manifestait à l'égard de l'Arkonide l'irritait. Sans répondre, il monta à bord du véhicule à chenilles.

Il trouva Emie et Bokom terrés dans un coin.

— Venez ! leur dit-il. Atlan a eu un accident. Nous avons besoin de votre aide pour le sauver.

Les mulots oublièrent leur terreur et le suivirent en se dandinant. Mory Abro les attendait à l'extérieur. Sa poitrine opulente se soulevait sur un rythme rapide.

— Je vous accompagne, décida-t-elle tranquillement.

— La terre peut s'ouvrir à chaque instant, avertit Rhodan. Ne bougez surtout pas !

— Je n'ai pas peur, répliqua-t-elle. Je pourrais même vous donner un coup de main, si vous me le demandiez.

« Elle pense et réagit comme un homme, songea le Stellarque, furieux. Pourquoi est-elle si différente des autres femmes ? Et qui me rappelle-t-elle donc ? »

Il secoua la tête pour chasser le visage aux yeux de rubis qui dansait dans sa mémoire. Prenant les mulots sous son bras, il les déposa sur les lieux de la catastrophe, leur demandant de remonter Atlan. Bokom et Emie ne possédaient pas les remarquables facultés télékinésiques de Gecko – ou de L'Émir –, mais, en s'associant, ils parviendraient peut-être à arracher l'Arkonide à sa délicate situation.

Les deux mulots se serrèrent l'un contre l'autre. Des étincelles passaient dans leurs grands yeux humides, signes de l'intense concentration dont ils faisaient preuve.

Atlan fut soudain emporté dans les airs. Il flotta un instant au-dessus du gouffre, puis retomba près des mulots. Rhodan tapa amicalement sur l'épaule d'Émie.

— Nous y sommes arrivés ! pépia fièrement celle-ci.

Kasom s'approcha de l'Arkonide et l'examina avec soin.

— Il n'a rien, annonça-t-il.

— Les portes de l'Enfer..., souffla Atlan. L'avancée rocheuse sur laquelle je me trouvais n'aurait pas tenu longtemps, elle commençait sérieusement à s'effriter quand nous m'avez tiré de là. Merci, mes amis.

Ils regagnèrent le triscaphe où les attendait une nouvelle surprise désagréable : un saurien les empêchait en effet de remonter à bord, immobile devant le sas. En les apercevant, l'animal au long cou et au corps de pachyderme, se jeta de toutes ses forces contre l'engin, comme s'il s'agissait d'un redoutable adversaire.

— Il va le détruire, s'il continue à s'acharner ! s'écria Bully, hors de lui. Et nous ne sommes pas armés !

Atlan et Kasom se mirent à hurler et gesticuler, afin de détourner le monstre de sa proie. Hélas, ils n'eurent aucun succès. Le saurien avait vraisemblablement été tiré du marécage par le séisme. Il était d'autant plus agressif qu'il se trouvait hors de son élément naturel.

Par ses coups de queue, il secouait violemment l'appareil. Une fois encore, il y projeta tout son poids. Mory Abro poussa un cri aigu. Tous se rendaient compte que la perte du triscaphe signifiait la mort ou la captivité. Soudain, l'Étrusien se rua vers le véhicule.

— Restez ici, Kasom ! lui cria Atlan. Vous êtes fou !

Le spécialiste de l'O.M.U. ne tint pas compte de la mise en garde. Il arriva devant le monstre qui hésita un instant en voyant le colosse en face de lui. Kasom fit le tour du véhicule, suivi par le cou du saurien, long comme un serpent.

Les spectateurs retinrent leur souffle quand le géant sauta sur le dos de l'animal, qui n'eut pas le temps de réaliser ce qui lui arrivait. Kasom grimpa avec l'agilité d'un singe jusqu'à la tête, réussit à s'y maintenir malgré les violents mouvements qu'effectuait la bête pour se débarrasser de son importun cavalier. De ses bras, il lui entoura le cou.

— Vite ! hurla-t-il à ses camarades. À bord !

En effet, tant que le monstre était occupé avec Kasom, il lui était difficile de saccager le triscaphe. Rhodan fit signe à ses amis de le suivre. L'Étrusien se cramponnait toujours à sa hideuse monture, qui ne parvenait pas à venir à bout de ce fardeau inattendu.

Ils sautèrent à bord. Rhodan se précipita aux commandes, pour mettre l'engin en marche et décoller. Il ne bougea pas.

— Il a probablement endommagé le mécanisme de vol, constata le Terranien.

Il brancha la transmission des chenilles : le triscaphe démarra. Il se dirigea en marche arrière vers la lisière du bois, faisant bien attention de ne pas tomber dans le gouffre. Pendant ce temps, Kasom sauta à bas du saurien, puis rattrapa ses compagnons.

Après avoir cherché la panne, Atlan déclara que ce n'était pas grave.

— Seuls quelques fils sont écrasés, dit-il. J'aurai réparé dans quelques minutes.

Kasom monta à bord, avant de rebrancher son micrograv.

— Cette bestiole ferait une bonne grillade ! grommela sèchement Lenoir.

— Sûrement, répondit calmement l'Étrusien. Mais qui tournerait la broche ?

Semblant avoir perdu soudain tout désir de poursuivre sa proie, le monstre disparut dans la forêt. Peu après, le triscaphe put décoller. Ils survolèrent un moment le secteur et constatèrent l'étendue des dégâts causés par le séisme.

Au-dessus de la jungle, un courant d'air chaud les fit monter en altitude. Rhodan mit le cap sur une chaîne de montagnes, dont il ne distinguait que les crêtes. Il pensait être davantage en sécurité dans une vaste plaine entourée de forêts et de reliefs, si de nouvelles secousses se produisaient.

Mory lui demanda combien de temps encore la fuite durerait. Il aurait rassuré tout autre femme avec des mensonges. Mais il répugna à lui cacher la gravité de la situation :

— Cela dépend : si les Bleus se lassent les premiers de leurs recherches.

— Vous croyez que des navires de sauvetage vont bientôt arriver ? insista-t-elle.

— Non. Tout indique que le *Perdita* a été détruit et une installation hypercom n'est pas assez puissante pour faire parvenir un message aux unités terraniennes les plus proches. Notre seule chance serait qu'une patrouille se trouve par hasard dans le secteur...

Contrastant avec la pâleur de son visage, les cernes violacés que la jeune femme avait constamment sous les yeux lui donnaient un air maladif. Un instant, le Terranien eut le sentiment qu'il avait en face de lui une personne fragile et démunie. Cependant, la fermeté de sa voix effaça rapidement cette impression.

— Que nous arriverait-il si nous tombions aux mains des Bleus ? reprit-elle.

— Cela dépendrait des conditions politiques, répondit-il évasivement. Les réactions des Bleus sont difficiles à prévoir, mais on peut raisonnablement supposer qu'ils se serviraient de nous comme moyen de pression.

Elle réfléchit un moment.

— Et si certains d'entre nous se rendaient, tandis que les autres continuaient à se cacher ? Qu'en penseriez-vous ? Ainsi ils croiraient que les disparus ont trouvé la mort dans le tremblement de terre et partiraient avec les captifs.

— Un interrogatoire hypnotique leur révélerait vite la vérité, rétorqua Rhodan. Nous n'avons pas le choix, il faut continuer.

Atlan se joignit à eux, son petit sourire habituel au coin de la bouche.

— Quelle est l'opinion de notre vieux et sage hibou sur notre situation ? lui demanda Mory, non sans ironie.

— Il n'en a aucune. Il arrive, même à un hibou, de ne pas penser.

— C'est étrange de constater à quel point les immortels redoutent la mort, constata froidement Mory. Il me semblait qu'un homme qui a vécu si longtemps était capable de maîtriser ses émotions.

— Comment pouvez-vous savoir que j'ai peur de la mort ?

Mory Abro considéra Rhodan, puis Atlan.

— Grâce à votre activateur cellulaire, vous avez tous deux une vie si longue derrière vous que l'idée de la mort est devenue pour vous une abstraction. C'est quelque chose qui ne va pas de soi et c'est pourquoi vous la craignez tant.

— Je sais ce que vous voulez dire par là, dit Atlan.

— Eh bien ? Ce n'est pas vrai ?

— Parfois je ressens de l'angoisse, expliqua-t-il en fuyant le regard perçant de la jeune femme. L'idée qu'il pourrait vous arriver quelque chose…

Il se détourna et se dirigea vers l'arrière de l'appareil.

— Il me trouble, avoua Mory Abro.

— Je sais, lui répondit Rhodan en souriant. J'ai mis des années à m'habituer à lui. Pensez qu'il est né

*
* *

Tan-Pertrec faisait de gros efforts pour maîtriser la panique qui l'avait envahi. Il voulait éviter de donner des ordres absurdes à son équipage. Il lui fallait accepter que quelque chose n'avait pas marché. Imprévisibles, les Terraniens montraient une nouvelle fois à quel point ils étaient redoutables.

La manœuvre de l'ennemi forçait son admiration. Avoir osé s'approcher d'une planète en vol linéaire pour réémerger dans l'espace normal d'une distance aussi faible témoignait d'une grande habileté et d'un courage incontestable. Cependant, Tan-Pertrec avait compris que, pour réaliser une telle manœuvre, il fallait être à bout de ressources. Cela le rassura. Il s'agissait sans aucun doute d'un vaisseau terranien isolé, qui essayait de les détourner de Roost.

Il donna à trois des unités de son escadrille l'ordre de s'en occuper. Son vaisseau maintint son cap, afin d'aller intensifier les recherches qui se déroulaient sur la planète.

En pénétrant dans l'atmosphère, il se sentait de nouveau confiant. L'apparition de l'astronef inconnu n'avait en effet rien changé. Il se félicitait de sa clairvoyance. Ses supérieurs n'auraient rien à lui reprocher, car la capture des prisonniers compenserait largement la perte éventuelle de trois vaisseaux. Le cas échéant, il pourrait aussi raconter que ces trois unités avaient été détruites dans un accrochage avec des adversaires bleus. Ainsi, il serait tout à fait couvert.

Il ordonna qu'on prenne contact avec les croiseurs de reconnaissance, en espérant que les fugitifs avaient survécu au tremblement de terre provoqué par le navire terranien.

Il fut alors informé des mystérieux messages qui venaient d'être interceptés. Les Bleus comprirent rapidement que la nef terranienne envoyait des S.O.S. Le radio expliqua que les renforts possibles de l'ennemi se trouvaient trop éloignés pour représenter un danger. Tan-Pertrec s'inquiéta quand même, car il connaissait la rapidité des Terraniens lorsqu'un de leurs navires était menacé. Il estima cependant qu'il restait encore assez de temps pour s'occuper des naufragés de Roost.

Lorsque le croiseur commença sa descente vers la planète, le *Lion* liquida le premier des trois attaquants d'un tir imparable de canon transformateur. En apprenant la nouvelle, Tan-Pertrec fut envahi d'un violent désir de vengeance. Il fallait décidément en finir avec les fugitifs.

Après avoir survolé une épaisse forêt, son vaisseau arriva au-dessus d'une vaste plaine, limitée par de hautes chaînes de montagnes. Ces maudits Terraniens devaient se cacher dans cette région...

CHAPITRE VI

— Capitaine ! Réveillez-vous !

Luttant contre la fatigue, Walt Heintmann réussit à ouvrir les yeux. La lumière était éblouissante.

— Que se passe-t-il ? murmura-t-il dans sa surprise.

Se souvenant brusquement des événements des heures précédentes, il reprit rapidement ses esprits. Il se trouvait à bord d'une chaloupe de soixante mètres de diamètre, baptisée le *Lion III*. Il ne chercha pas à savoir quelle distance il avait parcourue dans cette sphère métallique. Comme il avait été agressé plusieurs fois dans le secteur oriental de la Galaxie, il s'en remettait à présent à sa bonne étoile, se demandant avec résignation comment lui et son équipage survivaient encore.

— Je regrette de devoir interrompre votre repos, dit le sergent Omar Habul, mais nous arrivons dans les zones périphériques du Centre galactique.

Heintmann regarda l'heure. Il n'avait dormi que vingt minutes, ce qui expliquait pourquoi il se sentait si épuisé.

— C'est bien, répondit-il en se redressant. Envoyez

immédiatement le signal de détresse. Nous aurons peut-être la chance d'être entendus.

Pendant une heure, le *Lion III* vola dans l'espace normal en direction du Centre de la Galaxie, sans cesser d'émettre le message qui devait indiquer aux autres vaisseaux de la flotte qu'on avait retrouvé la trace de Rhodan.

Enfin, il reçut une réponse.

— Ici le vaisseau amiral *Alora* de l'escadre spéciale Nayhar. Nous vous entendons bien.

Heintmann et Habul se regardèrent joyeusement. Les mains tremblantes, le capitaine alluma l'écran pour transmettre leurs coordonnées.

Un visage carré et sympathique apparut.

— Amiral Role Nayhar à bord de l'*Alora*, dit l'homme.

Heintmann gémit de dépit. Ce n'était pas un Terranien, mais son unité appartenait tout de même à la flotte de l'Empire.

— Excusez-moi, commença-t-il, mais avant de vous donner des renseignements précis, je dois connaître votre identité exacte.

— Nous avons su décoder votre S.O.S. Ça ne vous suffit pas ?

— Je me permets d'insister, parce que nous avons été attaqués par des navires appartenant à des nations qui ne sont pas en guerre avec la Terre.

— Je comprends, répondit Nayhar.

Heintmann se rendit compte que son interlocuteur était originaire d'Epsal. Ces humanoïdes étaient réputés pour la confiance qu'on pouvait avoir en eux.

— Je m'appelle Nayhar, expliqua-t-il. Arthur Astrur, actuellement amiral de l'O.M.U., m'a confié une escadre avec pour mission de pénétrer les positions des Bleus.

Heintmann acquiesça, avant de raconter brièvement ce qui était arrivé au *Lion*. Quand il eut terminé, Nayhar reprit la parole.

— Ma flotte comprend cent cinquante-huit bâtiments, dont vingt-deux croiseurs lourds de classe impériale et vingt-quatre plus légers de classe solaire. Mes hommes font partie des troupes d'élite de l'O.M.U. Qu'en pensez-vous, Heintmann ?

Ce dernier hocha la tête. Il voulut mettre son allié en garde contre les Bleus, mais réalisa que c'était inutile. La flotte que commandait celui-ci était assez puissante pour venir à bout de n'importe quel adversaire.

— Pouvez-vous me prendre à votre bord ? demanda Heintmann.

— Une de mes nefs va s'occuper de vous, promit Nayhar. Pendant ce temps, nous mettons le cap sur la région qui nous intéresse.

Ils prirent congé. Heintmann regarda l'heure. Sur Terre, l'on était le 12 février 2329. Il lui paraissait inimaginable que plusieurs jours fussent passés depuis la détection par le *Lion* de l'ébranlement de structure. Il retourna à sa place, sachant que Nayhar allait emmener sa flotte le plus vite possible dans le secteur oriental de la Voie Lactée. Il espérait seulement qu'il n'était pas déjà trop tard.

En se laissant tomber sur son siège, il sentit la fatigue l'envahir à nouveau. En attendant qu'une nef amie prenne la chaloupe à son bord, il pouvait toujours faire un somme.

CHAPITRE VII

L'épave du deuxième vaisseau des Bleus finissait de se consumer. Les bombes arkonides qui l'avaient atteint n'en laisseraient aucune trace, car les « têtes de soupières » ne possédaient pas de champ de force qui pût les absorber.

Alors que Waso Netronow s'occupait du cap, le troisième astronef ennemi passa à proximité, vomissant une nouvelle salve radiante. Le premier rayon thermique qui avait traversé l'écran protecteur du croiseur avait touché l'observatoire de bord, tuant un homme et en blessant trois autres. Le suivant avait transpercé le pont supérieur. Après l'avoir fait évacuer, Netronow avait envoyé les robots, pour tenter de réparer les dégâts.

Le troisième vaisseau bleu venait d'être repéré. Manifestement, il se préparait à l'attaque. Netronow le voyait approcher à regret, car il était conscient des ravages que provoquaient les bombes arkonides. C'était la mort assurée pour tout l'équipage ennemi, qu'il savait constitué d'individus intelligents et, somme toute, respectables. Eux aussi avaient leurs raisons de se battre… Hélas, il n'avait pas le choix.

Il allait donner l'ordre de faire feu, lorsque le navire se retira sans motif apparent.

Netronow estima que ce n'était qu'un répit, car au moins cent soixante-dix unités, prêtes à passer à l'offensive dès que le rôle du *Lion* serait découvert, se trouvaient dans le système de Simban.

Pendant ce temps, à plus de cinquante années-lumière de là, Vertrigg, à bord du *Lion II*, continuait à émettre ses messages sur hyperondes, pour accréditer l'idée qu'une flotte terranienne approchait. Réussirait-il ainsi à provoquer la fuite des Bleus ?

Le détecteur de la vedette venait de se mettre en marche.

— On dirait qu'une nef des Bleus est dans les parages, constata Tschato.

Picot se massa l'estomac des deux mains. Dans une telle situation, le calme de son supérieur lui semblait exagéré.

L'ennemi savait, à n'en pas douter, que les fugitifs se terraient sur Roost, à quelques encablures au-dessous d'eux.

— Si nous les repérons, dit amèrement Picot, nous serons du même coup détectés nous aussi.

— Vous avez raison, répondit Tschato. Mais je ne pense pourtant pas qu'ils nous aient découverts. Ils n'imaginent pas qu'une navette croise par ici. Je les crois plutôt absorbés par le triscaphe des fugitifs.

Le second ne fit pas de commentaires, sachant par

expérience qu'il ne servait à rien de vouloir faire partager ses craintes à son supérieur.

— Vous voulez que je prenne les commandes ? proposa Gecko.

— Merci, amiral, dit poliment Tschato. Nous pouvons nous débrouiller seuls.

— Je comprends que vous me fassiez intervenir dans la phase décisive du sauvetage, observa le mulot sur un ton paternaliste. J'apprécie une telle attitude chez mes subordonnés.

Picot se tassa sur son siège. La vantardise du petit animal dépassait tout ce qu'il avait entendu jusqu'à présent dans ce registre. Le géant eut un sourire amusé.

La vedette amorça sa descente. En survolant une forêt, ils jugèrent impossible que le triscaphe s'y soit posé. Des jets radiants illuminèrent brusquement l'atmosphère. Picot poussa un cri et vacilla à côté de Tschato. L'appareil venait d'être touché.

— Tenez-vous bien ! commanda tranquillement Tschato.

Malgré de fortes secousses, ils arrivèrent au-dessus d'une plaine fermée par de hautes montagnes, et aperçurent devant eux le volumineux croiseur qui les avait pris pour cible.

— Ils imaginent nous avoir détruits, constata Tschato avec satisfaction. Si je ne me trompe pas, ils vont se poser. Il faut absolument rebrousser chemin ; ils vont certainement envoyer une équipe de reconnaissance.

L'évidente supériorité de l'adversaire faisait se dresser les cheveux sur la tête du pauvre Picot. Ils venaient d'échapper de justesse à la mort, pourtant Tschato faisait comme si de rien n'était.

La pluie cessa, la visibilité s'améliora, permettant au vaisseau des Bleus de descendre lentement vers le sol. Tschato dirigeait la vedette avec adresse en direction des arbres.

À tout instant, Picot s'attendait à voir sortir de la nef des chaloupes de reconnaissance, mais ce furent des Bleus qui apparurent sur la passerelle. De si loin, ils ressemblaient à de minuscules marionnettes.

— Ils quittent le vaisseau, murmura Picot. Auraient-ils repéré le triscaphe ?

— Probablement, supposa Tschato. Mais ça ne veut pas dire que Rhodan et ses amis se trouvent encore à l'intérieur. Ils sont certainement allés se mettre à l'abri dans les montagnes. Ce qui expliquerait pourquoi les Bleus n'utilisent pas de chaloupes.

— Attaquons-les ! sifflota Gecko en serrant les poings.

— Taisez-vous, amiral ! protesta Picot.

Le mulot se dressa comme si une guêpe l'avait piqué. Sa truffe frémissait d'indignation.

— Je vous dégrade, déclara-t-il.

Pour toute réponse, Picot l'empoigna pour l'éloigner des commandes.

Malgré les difficultés, la vedette avait fini par atteindre l'orée de la forêt et s'approchait des montagnes qui ceinturaient la plaine. Ils constatèrent que ces hauteurs étaient couvertes de buissons. Çà et là, de profonds cratères et des traînées de lave indiquaient une activité volcanique.

Tschato engagea l'appareil dans une étroite vallée et, à la stupéfaction de son premier officier, effectua les manœuvres nécessaires à l'atterrissage. Après s'être posé, il ouvrit le sas pour descendre, non sans enjoindre à son coéquipier de demeurer à bord. Il voulait manifestement observer la plaine. Il revint rapidement, regagna le siège du pilote, puis décolla.

— J'ai vu le triscaphe, confia-t-il à Picot.

— Et les Bleus ? reprit celui-ci avec anxiété.

— Leur navire se trouve non loin de là. Deux cents d'entre eux environ sont en train de se précipiter vers le véhicule à chenilles.

— Deux cents ? répéta le second, abasourdi. Mais qu'allons-nous faire ?

— Il faut que nous sachions le plus vite possible si Rhodan se cache toujours dans les parages, ou s'il est resté à bord de l'engin.

Laissant la plaine derrière elle, la vedette volait à présent au-dessus des collines. Picot put apercevoir le vaisseau discoïde des Bleus, qui semblait monumental à côté du triscaphe, menacé de surcroît par une véritable armée de fourmis. Il demanda au géant comment il comptait s'y prendre pour obtenir les renseignements dont ils avaient besoin.

— On va aller jeter un coup d'œil, répondit ce dernier avec un affreux rictus.

— Mais…, voulut objecter Picot.

Le Noir le coupa d'un geste sec.

— Je sais ce que vous pensez, grommela-t-il. Vous craignez qu'ils nous tirent dessus depuis le croiseur. Ça ne se produira pas, parce que deux cents Bleus nous sépareront du vaisseau quand nous nous approcherons du triscaphe.

Tout était dit. Picot avait saisi les intentions de son supérieur et, comme d'habitude, il était pessimiste quant aux chances de succès. Ils réussiraient sans doute la manœuvre d'approche, mais dès que l'ennemi aurait découvert les plans des occupants du petit appareil terranien, les fantassins bleus se retireraient et c'en serait fini.

Rhodan donna l'ordre de descendre lorsque le détecteur du triscaphe fut en marche. Ils s'étaient arrêtés assez loin encore des montagnes, en sorte qu'ils n'auraient probablement pas le temps de se dissimuler avant l'arrivée des Bleus. Il fallait donc stopper le véhicule qui ferait diversion un moment. Cela permettrait peut-être aux fugitifs de disparaître.

Rhodan avait, hélas ! conscience que toute initiative prolongeait leur fuite, mais ne faisait que différer la captivité. Une fois repéré, le véhicule devenait davantage un handicap, car il ne pouvait plus voler.

Le Terranien quitta l'appareil en dernier. Kasom avait chargé les deux mulots sur ses épaules, tandis que Mory et Atlan s'étaient déjà mis à courir vers les collines les plus proches. Lenoir attendait à côté de l'Étrusien.

— Allez, Kasom, dit tranquillement Rhodan, débranchez votre micrograv. Vous pourrez nous devancer pour trouver plus vite une cachette…

Le géant s'éloigna, accomplissant des enjambées démesurées. Les mulots se cramponnaient à lui. Bully essaya en vain de le suivre.

— Le triscaphe va exploser dans moins d'une demi-heure, annonça Rhodan à Lenoir. J'ai mis en marche le dispositif d'autodestruction. Venez !

Pendant ce temps, le géant étrusien avait dépassé Mory Abro, chancelante, que soutenait Atlan.

— Quand nous serons dans la montagne, nous

nous séparerons en plusieurs groupes, décida Rhodan. Ça rendra les recherches plus difficiles.

Mais tandis qu'ils marchaient, il crut percevoir chez le mutant, qui baissait la tête et dont le regard demeurait fixe, des signes de fatigue et de résignation.

— Je les sens déjà, lança ce dernier au Stellarque.

Juste avant d'atteindre les premiers rochers, ils se retournèrent. Le navire ennemi arrivait en effet de l'autre bout de la plaine, se déplaçant sous la pluie comme une bulle de verre transparent. C'était là l'effet de l'étrange lumière qui suintait à travers les nuages.

— Il y a encore quelque chose, ajouta Lenoir. C'est... Non, ça doit être une illusion...

Rhodan le regarda attentivement ; le fascinateur haussa les épaules. Kasom apparut derrière une haute avancée rocheuse. À ce moment, l'astronef des Bleus se posa non loin de là. Dans ces conditions, mieux valait demeurer ensemble. Ils demeurèrent d'autant plus sur leurs gardes que les mulots affirmèrent percevoir de faibles ondes mentales qu'ils avaient l'impression de connaître.

Les yeux de Kasom se mirent à briller.

— C'est peut-être un animal ! dit-il la voix pleine d'espoir. Un bête bien grasse qu'on pourrait faire griller !

— Comment pouvez-vous penser à la bouffe en ce moment ? demanda Lenoir avec irritation.

La pluie ayant cessé, le vent chaud amena une bonne odeur de terre humide. En d'autres circonstances ils auraient pu goûter les charmes de cette agréable nature. Cependant, le faible influx psychique dont Lenoir et les mulots avaient parlé redonnait à

Rhodan un petit espoir. Un croiseur avait-il capté le signal de détresse du *Perdita* ?

Ils observèrent les Bleus qui descendaient de leur nef. Des équipes de reconnaissance allaient se mettre au travail. Leurs membres savaient-ils que les naufragés se dissimulaient tout près de là, ou les croyaient-ils encore à bord du triscaphe immobilisé ?

— Dès qu'ils avanceront, nous reculerons, ordonna Rhodan. Comment vous sentez-vous, Mory ?

— Tiens donc ! s'exclama-t-elle, sarcastique. Monsieur l'immortel daigne m'accorder un quelconque intérêt !

Jusqu'à présent, la jeune femme avait dissimulé tout signe de faiblesse, tentant de se mettre au diapason des hommes, mais le ton qu'elle venait d'utiliser montrait clairement qu'elle était à bout de nerfs.

Le Terranien n'eut pas le temps de répondre ; Emie et Bokom venaient de pousser un cri de triomphe.

— L'amiral Gecko se trouve dans le voisinage ! pépia Emie.

Tous se mirent à jaser à la fois, mais Rhodan les fit taire avec autorité.

— Pouvez-vous prendre contact avec lui ? demanda-t-il vivement.

Embarrassée, Emie demeura silencieuse. Puis, comme Rhodan insistait, Bokom intervint.

— L'amiral a peur, dit-il. Il semble qu'il soit à bord d'un astronef de petites dimensions, en compagnie d'autres créatures.

— Quel genre de *créatures* ? lâcha Atlan en serrant les dents.

Bokom baissa la tête.

— Je ne sais pas. Peut-être des hommes. Sa terreur

est immense. L'idée de la mort que les Bleus risquent de lui infliger l'obsède.

— Joli amiral qui fait dans son pantalon à la vue du premier adversaire venu ! maugréa Kasom.

— Moi aussi, je reçois des impulsions, dit Lenoir. Deux hommes accompagnent Gecko, en effet. Je crois que l'un d'eux est un grand Noir.

Rhodan regarda son compagnon avec perplexité. Qu'est-ce que ça signifiait ?

— Une vedette ! s'écria le mutant. Ils arrivent par-derrière la montagne.

Le Stellarque se retourna, mais ne vit rien. Lenoir n'était pas un véritable télépathe. Il ne pouvait capter que des impressions, qu'il interprétait ensuite. Ses capacités ne lui permettaient donc pas de prendre contact avec Gecko ou ses compagnons inconnus.

Rhodan considéra la plaine. Les Bleus avaient déjà parcouru la moitié du chemin qui les séparait du triscaphe. Avec un peu de chance, ils y parviendraient avant l'explosion. Un bourdonnement clair et perçant attira soudain son attention. Une vedette de construction terranienne s'approchait en survolant les collines.

— Par la barbe d'un petit bouc vert ! s'écria Bully. Ce pilote est dingue de voler si bas !

— Un sacré diable d'homme ! remarqua Kasom, enchanté.

— Ni l'un, ni l'autre, conclut Atlan. C'est un Terranien.

*
**

Torturé par l'angoisse, Dan Picot serrait les poings en respirant profondément. Un doux sourire éclairait le visage de Tschato, apparemment insensible au danger qui les menaçait. Dans les montagnes, ils aperçurent des silhouettes qui leur faisaient de grands signes.

— Les voilà ! cria le commandant.

La vitesse de l'appareil était telle qu'il ne fut pas possible de la réduire à temps. Picot imagina la déception des fugitifs. Aussitôt après, la vedette fut repérée par les fantassins ennemis, qui se dispersèrent dans la panique. Le triscaphe choisit ce moment pour exploser. Le second cacha son visage dans ses mains, tandis que, sous l'effet de la déflagration, la vedette était vivement secouée. Chez l'assaillant, la confusion était à son comble. Picot réalisa avec soulagement que l'astronef ne pouvait faire feu sur eux, car la fumée masquait l'appareil. Tschato prit de l'altitude pour s'en dégager et échapper plus sûrement aux éventuels jets radiants. Puis il descendit vers le sol. Hélas ! le vent violent dissipait rapidement les restes du champignon de l'explosion, mettant l'appareil terranien à découvert. Les Bleus s'étaient-ils ressaisis ?

Tschato réussit malgré tout à se poser entre les rochers, relativement à l'abri. Les naufragés se précipitèrent. Picot reconnut Rhodan, Atlan et Bully. Le géant qui portait les deux mulots devait être Melbar Kasom et le dernier individu André Lenoir. Apercevant Mory Abro, il crut être victime d'hallucinations. Que pouvait bien faire une femme dans cet enfer ?

Tschato fit coulisser la porte du sas. Dan épongeait son visage trempé de sueur.

Soudain, les jets radiants fusèrent en direction des rochers. Personne ne fut touché, mais il s'en fallut de peu. Soit qu'il n'eût rien remarqué, soit qu'il voulût tenter sa chance, le géant se précipita à l'extérieur du sas, pendant que Picot s'entendait adresser un salut et ajouter :

— Nous sommes venus vous chercher.

Il entendit la voix de Gecko, puis quelqu'un dit :

— Eh bien, n'avais-je pas raison ? C'est un des Terraniens.

Il ne comprenait plus rien. On poussa la jeune femme dans le sas. Il l'aida à monter à bord. Bien qu'il eût conscience de l'exiguïté de l'espace disponible, il la conduisit à côté du siège du pilote.

— C'est agréable d'avoir affaire à un véritable gentleman, avoua-t-elle. Depuis le temps…

Il voulut la remercier de son compliment, mais le tapage des autres lui fit tourner la tête. À cause de sa taille, Kasom éprouvait en effet les plus grandes difficultés à pénétrer dans l'appareil. Comparé à lui, Tschato avait l'air d'un nain !

L'Africain s'installa aux commandes et décolla dès que tous furent à bord de la vedette. La lumière éblouissante d'une nouvelle salve fit tressaillir Picot. Sans se laisser démonter, Nome Tschato envoya à Netronow le signal convenu. Le *Lion* ne tarderait pas à venir les récupérer. Mais l'opération s'annonçait délicate, car les Bleus étaient partout.

La vedette gagna rapidement l'autre versant de la colline, où les jets radiants ne pouvaient plus l'atteindre. Elle volait à présent au-dessus de la plaine. Malgré la tension et l'anxiété qui régnaient parmi les passagers, le géant étrusien réclama de la nourriture à Picot, qui crut avoir mal entendu. Il se demanda si la santé mentale de cet individu n'avait pas eu à souffrir de cette série d'aventures.

— Je regrette, lui répondit-il. Je suis au régime.

Kasom fit la grimace comme s'il venait de mordre dans un fruit trop acide.

La conversation tourna court, car Gecko annonça

de sa voix sifflotante qu'il percevait de nombreuses ondes mentales ennemies.

— Je m'en doutais, constata amèrement Tschato. Ils vont nous pourchasser.

— Espérons que notre vedette sera assez rapide, dit Rhodan.

La place que Tan-Pertrec avait souhaité obtenir dans le Tscheno supérieur de son peuple commençait à prendre des allures de cellule dans l'une des nombreuses prisons que comptait son pays. Bien que rien ne fût encore perdu, il avait la désagréable impression que les chances de capturer les Terraniens s'amenuisaient dangereusement.

Il avait commis plusieurs erreurs fatales. Il avait posé le vaisseau amiral sans attendre qu'un croiseur patrouille au-dessus de la plaine pour le couvrir en cas de danger. C'était la première faute. Ensuite il avait sous-estimé la témérité des Terraniens, qui avaient eu le culot d'expulser une vedette en ricochant sur l'atmosphère de Roost. Mais le pire était qu'il avait eu la légèreté de faire sortir deux cents soldats du navire discoïdal, l'empêchant ainsi de décoller et l'obligeant à faire feu à vue au-delà de la colonne de fantassins, de manière forcément très imprécise. Enfin, il avait oublié dans ses prévisions la possibilité dont disposaient les Terraniens de faire sauter leur véhicule.

Une fois dissipé le nuage provoqué par l'explosion, les écrans lui donnèrent une idée de l'étendue de la confusion. En proie à la résignation et à l'abattement, il était à présent incapable de donner des directives cohérentes, susceptibles de remettre de l'ordre dans ses troupes. Il perdit ainsi de précieuses minutes.

Se rappelant finalement la présence des autres navires de reconnaissance, il se remit à l'action. Il transmit la position de sa nef, puis ordonna de prendre en chasse la vedette ennemie.

— Dès qu'il sera certain que nous ne pourrons pas les rattraper avant qu'ils soient récupérés par leur vaisseau porteur, détruisez-les ! ordonna-t-il, souhaitant qu'aucun de ses hommes n'ait perçu son manque d'assurance.

Il pensa pour la première fois que la ligne politique suivie par le Tscheno supérieur était fausse. N'y avait-il vraiment pas d'autre solution que la guerre ? Pourquoi les peuples bleus passaient-ils leur temps à s'entre-tuer ? Cette lutte fratricide les épuisait en effet, depuis que les Terraniens avaient réussi à briser la domination des Gatasiens. Tous se battaient dans le même temps contre les maîtres de l'autre Empire, en comptant sur les armes que leur livraient les Akonides.

Tan-Pertrec savait parfaitement que le Tscheno supérieur entretenait des contacts avec les hommes du Système Bleu. Une partie du matériel dont il disposait à bord de son astronef avait été achetée aux Akonides. Nul ne comprenait ce qui poussait ceux-ci à brader à vil prix ces produits de l'industrie lourde. Avaient-ils l'intention de dresser les Bleus contre un adversaire puissant ? S'agissait-il des Terraniens ?

Quelques instants plus tard les premiers navires de reconnaissance apparurent au-dessus des montagnes. Tan-Pertrec attendit que tous ses soldats fussent rentrés à bord pour décoller. Il n'était pas pressé, puisqu'il ne pouvait plus intervenir directement. Il lui fallait attendre l'occasion d'anéantir le grand vaisseau terranien. Hélas ! tout laissait supposer que ce dernier aurait déjà reçu du renfort. Dès lors, aucun doute que si une bataille avait lieu, le commandant bleu trouverait la mort. Et dire qu'il avait conduit sa flotte dans ce système, plein d'espoir et gonflé par l'ambition…

CHAPITRE VIII

Jayn Vertrigg mit du temps à réaliser que l'armada, dont il tentait d'accréditer la présence depuis des heures, existait réellement. Nayhar se révéla être un sympathique natif d'Epsal. Il fit à Vertrigg l'impression de quelqu'un de décidé, en qui on pouvait avoir pleine confiance. Jayn apprit ainsi avec un immense soulagement que plus de cent cinquante astronefs faisaient route vers le système de Simban.

Nayhar réclama d'amples informations au sujet de la mission de son allié et avisa celui-ci qu'il avait été contacté par le capitaine Heintmann.

— Les hommes qui se trouvent à bord du *Lion* forment un équipage de tout premier plan, constata Nayhar.

— Nous faisons de notre mieux, répondit Vertrigg, que le compliment embarrassait. J'avais personnellement la tâche la plus facile, puisqu'il me suffisait de simuler, par l'émission de messages hypercom, la présence de toute une flotte.

— D'après vous, comment les Bleus auraient-ils réagi, s'ils avaient eu l'idée d'en rechercher l'origine ?

— Je n'en sais rien. Mais tout s'est bien passé, encore que nous manquions de renseignements sur le sauvetage du Stellarque et de ses compagnons.

Nayhar interrompit la communication. Vertrigg n'avait plus qu'à attendre que le *Lion II* soit récupéré par un croiseur.

*
* *

Sur les écrans, les navires bleus convergeaient à toute vitesse vers la vedette qu'ils avaient repérée et s'étaient empressés de prendre en chasse. Netronow estima qu'il fallait se hâter de recueillir l'appareil à bord du *Lion*. Il importait donc de bien calculer sa trajectoire, pour l'atteindre avant leurs adversaires.

Pour l'heure, les « têtes de soupières » ne s'occupaient pas du croiseur terranien, seule la vedette semblait importante à leurs yeux. Mais Netronow avait l'intuition que son vaisseau serait l'objet d'une attaque massive si l'opération qu'il envisagerait réussissait.

Il restait en contact permanent avec Tschato, dont il admirait le calme. Il jugea nécessaire de ne pas lui cacher la vérité.

— Les Bleus arrivent de partout, lui dit-il. Nous les distinguons nettement sur nos écrans.

— Je vais donc survoler les montagnes, répliqua le géant. Leurs grosses nefs sont peu maniables dans les gorges et les vallées. Si nous sommes acculés, je pourrai sûrement les semer.

— On n'en arrivera pas là, assura Netronow, peu convaincu, car tout dépendait de la vitesse des croiseurs discoïdes.

Ceux-ci ne communiquaient pas entre eux. Cela signifiait que chaque unité agissait à son gré et que la chasse se trouvait donc mal, voire pas du tout organisée.

— Nous prenons de l'altitude, annonça l'Africain, mais aucun vaisseau bleu n'est encore en vue. Cependant Lenoir et les mulots sentent la présence ennemie.

Netronow jeta un coup d'œil sur les écrans. Il remarqua un bâtiment de petite taille qui suivait de près la vedette. Il l'en informa aussitôt.

Le sas de la soute était déjà ouvert ; des équipes de sauvetage se tenaient prêtes à intervenir en cas d'incident. Netronow, qui avait tout prévu, était décidé à attaquer le premier navire qui ouvrirait le feu sur la vedette ou la forcerait à se poser.

Tschato transmettait régulièrement la position de son appareil. Enfin, le *Lion* pénétra dans l'atmosphère de Roost, tandis que le pilote évaluait à quelques minutes l'apparition de la navette sur les écrans.

— Un appel hypercom ! cria soudain Dawson.

— Répondez ! commanda Netronow.

Quelques secondes plus tard le radio se précipita vers son supérieur.

— Il s'agit d'une flotte de l'O.M.U. composée de cent cinquante vaisseaux, annonça-t-il, la voix cassée par l'émotion. Ils font route vers nous.

Netronow se senti envahi par un sentiment de triomphe, dont il ne laissa cependant rien paraître.

— C'est peut-être Vertrigg qui essaye un nouveau truc, observa-t-il, ou les Bleus qui nous jouent un tour.

— Non, assura Dawson. Le commandant Role Nayhar dirige cette escadrille. L'un de ses navires a déjà récupéré le *Lion II*. Ils se trouvent à présent à environ quarante années-lumière du système de

Simban. Ils peuvent faire leur apparition à tout moment.

Netronow donna l'ordre à Dawson d'informer Nayhar dans tous les détails de ce qui s'était passé. Si cette armada arrivait, il serait privé de son intervention. Personne en effet ne devait aider la vedette hormis le *Lion*. Il brancha l'hypercom pour appeler Tschato, qui lui exposa son point de vue : la présence des vaisseaux de l'O.M.U. n'avait qu'un intérêt stratégique. Ils pouvaient encore chasser les Bleus du système de Simban, mais il était trop tard pour tenter une action en faveur de la navette.

— Vous avez raison, admit Netronow, il faut que nous réussissions seuls.

Tschato interrompit la conversation, car il venait de détecter un croiseur ennemi. Peu après une ombre fonçait sur le *Lion* : la vedette. Netronow sentit son estomac se nouer. L'adversaire ne pouvait plus être loin. En apercevant un vaisseau discoïde, il donna l'ordre de brancher l'écran protecteur.

À l'intérieur de la navette, Dan Picot trouva l'air soudain irrespirable. Le fait qu'une flotte de l'O.M.U. leur vînt en aide au moment précis où leur sort dépendait totalement du *Lion* lui semblait presque inconvenant. Il regarda autour de lui. Tous ces hommes avaient dû maintes fois affronter des situations délicates, dans lesquelles ils avaient abandonné leur destin au hasard. Aujourd'hui encore, ils manifestaient un courage exemplaire.

Le cri de Tschato le fit sursauter. D'épais nuages semblaient entourer la chaloupe mais, curieusement, la visibilité demeurait parfaite. En provenance de Roost, il aperçut une tache ronde qui grossissait à vue d'œil : il s'agissait bien entendu d'un croiseur ennemi.

S'attendant à tout instant à recevoir une salve radiante, le premier officier du *Lion* ne pouvait détacher son regard du navire discoïdal.

— Le *Lion* se trouve au-dessus de nous ! s'écria Tschato.

Picot se retourna, comme hypnotisé, et perdit l'équilibre lorsque la vedette dut faire une embardée. L'adversaire ouvrit alors le feu sur le *Lion* pour tenter de l'écarter de la navette. Netronow donna l'ordre de faire feu sans pourtant mettre en action toute la puissance de tir, ce qui aurait pu mettre la vedette en danger. Il réussit cependant à faire perdre de l'altitude à l'agresseur et à se placer à hauteur de son allié. Alors que Tschato se préparait à la manœuvre de récupération, un autre croiseur bleu, que Picot ne pouvait pas voir parce qu'il se trouvait juste au-dessous d'eux, les arrosa de rayons ardents. Ils crurent que l'écran protecteur ne résisterait pas, tant l'appareil fut secoué.

Heureusement, Netronow put s'interposer avec le *Lion* ; son champ de force absorba les salves destinées à la chaloupe, dont Tschato reprit le contrôle. Il l'introduisit dans la soute du lourd vaisseau terranien.

Waso Netronow comprit qu'il ne saurait pas tout de suite si la chaloupe avait pénétré sans encombre à bord du *Lion*. Les générateurs vrombissaient ; à tout instant le bouclier d'énergie risquait de céder... Il ordonna de fermer le sas, puis fit donner toute la vitesse possible. Surpris, l'ennemi fut incapable de suivre. Il décocha encore quelques salves avant de prendre les Terraniens en chasse.

Il était temps à présent que Nayhar intervienne

avec son escadre, car Netronow se doutait bien que d'autres unités ennemies les attendaient.

Il sonna le rassemblement des équipes de sauvetage quand il fut établi que la vedette se trouvait à bord. Mais la récupération ne s'était pas passée sans incident. L'intercom ne répondait pas.

**
* **

Le technicien Herald Chanyes regarda les débris de la vedette, avant d'examiner le sas en soupirant. Si Netronow ne l'avait pas fermé à temps, tous les occupants de la navette seraient morts asphyxiés.

Il constata que le *Lion* l'avait heurtée latéralement et vit des hommes en combinaison spéciale passer devant lui. Il leur emboîta le pas. Pouvait-on encore sortir des survivants de l'épave ?

L'équipe de sauvetage se mit au travail avec des chalumeaux pour essayer de libérer les corps. Elle réussit à dégager un homme d'un certain âge, le visage sanglant et le bras cassé. Le rescapé ouvrit les yeux : Chanyes reconnut Dan Picot, qui jeta un coup d'œil hagard autour de lui.

— Où est Tschato ? demanda-t-il.

Chanyes lui montra sans un mot les restes de l'appareil. Le regard du second chancela : il se pencha pour tirer une pièce métallique, mais le sauveteur l'entraîna doucement vers un brancard.

— Il faut le sortir de là, gémit encore Picot avant de perdre connaissance.

Deux hommes le transportèrent à l'infirmerie.

Dans les dix minutes qui suivirent, on dégagea Perry Rhodan, Mory Abro et Tschato. Melbar Kasom sortit sain et sauf, portant un Reginald Bull évanoui.

Atlan et Lenoir furent retirés des décombres un peu plus tard. Tous étaient blessés, mais vivants.

Enfin, on trouva les mulots paralysés par la terreur. Se sentant hors de danger, Gecko dénonça la négligence de Chanyes ; puis, suivi de ses congénères, il se dandina vers le puits anti-g.

CHAPITRE IX

Le troisième rayon thermique qui frappa le *Lion* provoqua des dégâts considérables dans ses œuvres vives. Il traversa le champ de force au niveau de la soute, ouvrant un énorme trou dans la coque juste à côté du sas principal, qui sortit de son logement. Deux des sauveteurs occupés à enlever les restes de la vedette furent réduits en énergie pure.

Il fallait quitter au plus vite le système de Simban. Hélas ! les propulseurs, fatigués par cette odyssée, ne pouvaient plus donner toute leur puissance. Le *Lion* mettrait un temps bien plus long que d'habitude pour atteindre l'entr'espace, seule voie vers le salut. Et encore faudrait-il mettre en panne à un moment ou à un autre, pour effectuer les importantes réparations nécessaires avant de regagner le système solaire.

Les propulseurs des Bleus n'étaient pas en meilleur état mais, avec plus de cent croiseurs à sa disposition, l'adversaire pouvait sans peine continuer son harcèlement. Plusieurs jets radiants ricochèrent sur l'écran du *Lion*, qui atteignait les limites de sa résistance.

Netronow jetait des regards anxieux et interrogateurs à Suragne, qui se contentait de hausser les épaules : aucune nouvelle de Role Nayhar. Quant aux rescapés, ils se trouvaient à l'infirmerie, inconscients du danger qui les menaçait toujours.

Un silence impressionnant s'abattit sur le poste central. En tournant la tête, Netronow aperçut Tschato, dont l'épaule portait un épais pansement. Sa démarche de félin s'était alourdie.

— Je crois qu'il faudrait vous relayer, lieutenant, dit-il, le visage toujours impénétrable.

Netronow lâcha les commandes. Malgré la menace des navires ennemis, il se sentait à nouveau en sécurité.

Pour Role Nayhar, rien ne pouvait être pire que d'arriver trop tard dans le système de Simban. Terrorisé par cette éventualité, une certaine dose d'optimisme lui eût été bien utile. Il avait l'habitude des responsabilités, mais celle-ci l'écrasait. Le sauvetage des personnalités les plus importantes de l'Empire dépendait de lui et il savait qu'il avait trop exigé de sa flotte.

Les navires avaient parcouru le secteur oriental de la Galaxie à une vitesse beaucoup trop élevée. Les réparations prendraient des jours et des jours, retardant dangereusement le vol de retour.

Ces sombres réflexions furent interrompues par l'*Alora*, vaisseau amiral de l'escadrille, qui venait de regagner l'espace normal à la limite du système de Simban.

En prenant contact avec le *Lion*, il apprit que ce dernier subissait de graves difficultés, tandis que les détecteurs de l'*Alora* repéraient les Bleus qui le pourchassaient.

Nayhar donna calmement ses ordres. Quelques minutes plus tard, la flotte de l'O.M.U. pénétrait dans le système de Simban. Une brève, mais violente bataille eut lieu entre les Bleus et les Terraniens. Elle se termina à l'avantage de ceux-ci. Au milieu des épaves incandescentes, un croiseur de la classe solaire s'approcha du navire amiral de Nayhar. C'était le *Lion*.

Tschato savoura le tumulte triomphal de son équipage. Les hommes sautaient, s'embrassaient et dansaient de joie. Tout abandonné à son plaisir, le géant sentit quelqu'un lui taper sur l'épaule. En se tournant, il découvrit Perry Rhodan. Il se leva aussitôt pour se mettre au garde-à-vous, mais le Terranien, légèrement blessé, le fit rasseoir.

— Je suis venu vous féliciter, dit-il. Je tiens à vous remercier au nom de tous les rescapés. Chacun de nous connaît les risques que vous et vos hommes avez dû prendre.

— Merci, Monsieur, répondit respectueusement le géant.

Le Stellarque voulut continuer, mais l'amiral Gecko s'interposa.

— J'adresse mes compliments au lieutenant-colonel, malgré l'indiscipline dont il a fait preuve, commença-t-il avec une incroyable suffisance. L'exploit réalisé sous mon commandement entrera dans l'histoire.

Tschato échangea un rapide regard avec Rhodan, tandis que le mulot se rengorgeait. Les deux hommes se comprirent sans prononcer une parole. Le Noir fit signe à deux membres de l'équipage et leur ordonna brutalement de jeter le vantard par le sas principal.

Celui-ci fit un pas en arrière, manquant de tomber à la renverse.

— Vous ne parlez pas sérieusement ? hurla-t-il.

Tschato lui roula des yeux terribles.

— Je vous accorde une dernière prière pour sauver votre âme, grommela-t-il.

— Je suis un héros ! s'écria le mulot, avant de se dématérialiser.

— Dans les moments décisifs, ce petit animal est capable d'un courage entêté, malgré sa couardise, remarqua Rhodan en quittant le poste central.

Tschato ne tarda pas à l'imiter pour rejoindre l'infirmerie, où seul Dan Picot occupait encore un lit.

— Alors, Dan ? murmura le géant.

— Ciel ! gémit le second, faites enlever le pansement que j'ai sur la tête. Tout le monde se moque de moi...

— L'équipage fête la victoire, expliqua Tschato sur un ton neutre.

— De toute façon je ne peux prendre part à ces festivités, rétorqua le blessé.

L'Africain sortit une bouteille de sa poche et l'ouvrit bruyamment, avant d'apporter deux verres.

— À quoi trinquons-nous ? demanda-t-il.

— À la victoire du *Lion*, répondit Picot.

DEUXIÈME PARTIE

LES TRAFIQUANTS D'ARMES

CHAPITRE PREMIER

Sous la lumière de la lampe triangulaire, le Métys ressemblait plus que jamais à une grosse goutte transparente, enfermée dans une cuirasse en forme de calice qui protégeait son corps fragile. C'est dans cette position qu'il avait coutume de se reposer. Pour l'instant cependant, il demeurait éveillé.

Ablebur saisit une petite aiguille entre le pouce et l'index, la fit glisser avec précaution sur la carapace du Métys et sourit de satisfaction lorsqu'il trouva la jointure, à l'intérieur de laquelle il l'introduisit avec délices. Il ne se souvenait pas combien de fois il avait répété ce jeu, qui était un supplice atroce pour sa victime. Celle-ci vacilla, siffla, sécréta une écume blanchâtre.

La cuirasse s'ouvrit en deux, livrant sans défense le corps du Métys. D'un geste sec, l'Akonide sépara les deux parties, puis coinça la pierre du Métys à l'aide d'une petite pince. La pauvre créature se débattait désespérément, mais une seule piqûre de l'aiguille eut raison de sa résistance.

Ablebur extirpa tranquillement le caillou pour

l'observer à la lumière. À sa place, il posa un gravier à l'intérieur du Métys, auquel il donna une tape.

— Allons, applique-toi un peu, mon petit, lui dit-il.

Quand la carapace se fut refermée, il mit la pierre dans un coffret satiné, verrouillé par une clé. Il en possédait déjà plus de trente, dont sept étaient extraordinairement précieuses. Son Métys vieillissait probablement, mais il pouvait être content d'avoir ici, dans le système d'Usuthan, un spécimen de ces rares créatures. Les Akonides avaient en effet tant chassé les Métys sur la planète Belarg, qu'il n'y en restait presque plus. Chacun tenait, pour des raisons de prestige, à posséder une collection de ces pierres à l'éclat étrange et fantastique. Les Métys entouraient de leurs sécrétions les graviers qu'on leur implantait. Celles-ci se durcissaient avec le temps et donnaient ce joyau recherché. Il leur était impossible de s'opposer à une telle inoculation, mais ils résistaient lorsqu'on leur extrayait la pierre, comme s'ils avaient été doués d'intelligence.

Tout le monde ignorait qui avait découvert cette extraordinaire faculté.

L'Empire interdisait l'exploitation des Métys. Le Comité pour la Conservation des Espèces rares, qui avait son siège sur Terre, pourchassait inlassablement les personnes qui transgressaient la loi.

Cette pensée fit sourire Ablebur avec ironie, car aucun Akonide ne respectait un décret terranien qui contredisait ses objectifs et ses aspirations. Il saisit le Métys, qui mesurait une trentaine de centimètres et le déposa dans un casier, au-dessus duquel il orienta la lampe à quartz. Cette dernière devait remplacer le soleil, sans lequel l'animal ne pouvait vivre. Enfin, il referma le casier avec une précaution maniaque.

L'espèce de cuirasse qui protégeait les Métys filtrait les rayons.

Ablebur régnait sur trois cent mille de ses congénères qui s'adonnaient, comme lui, à cette activité illégale.

Composé de huit planètes, le système d'Usuthan était soigneusement protégé contre la curiosité d'éventuels intrus. On le considérait comme la base la plus importante des Akonides dans la zone d'influence des Bleus.

Ablebur, qui avait la faculté de s'adapter très rapidement à une situation nouvelle et inattendue, se trouvait à sa place dans son rôle de chef.

Il quitta la petite pièce pour pénétrer dans l'antichambre d'où il pouvait contempler le désert, les pistes bétonnées et l'important spatioport sur lequel sept vaisseaux sphériques étaient stationnés.

Depuis son « Palais de Verre », comme il l'appelait, il lui était possible d'entrer en contact avec tous les secteurs du système où se trouvaient des Akonides. C'était un individu aux cheveux noirs, à l'air austère. Comme tous ses compatriotes, sa peau était brune. Des symboles gravés ornaient les ongles de ses longs doigts.

Il s'assit derrière sa table, ôta la poussière qui s'y était répandue, comme après chaque tempête de sable, malgré les fermetures hermétiques. Trois collaborateurs travaillaient sans le moindre bruit, car leur supérieur n'aimait pas être dérangé.

Quand le jour commença à baisser, la lumière s'alluma automatiquement. Ablebur se dirigea vers la fenêtre. Le soleil couchant embrasait le ciel sans nuage ; un véhicule tout-terrain roulait dans le lointain. L'Akonide enregistrait tout ce qu'il voyait avec la plus parfaite indifférence.

Le silence fut troublé par le ronronnement de l'hypercom. Lorsqu'il se retourna, un astronaute venait d'apparaître sur l'un des écrans. Malgré ses efforts pour dissimuler son émotion, Ablebur se rendit tout de suite compte que l'officier était nerveux.

— Eh bien, Troat ? demanda-t-il simplement.

— Un navire des Tentras est en vue, qui demande l'autorisation de se poser sur Usuth, répondit Troat, dont les lèvres tremblaient.

Les Tentras étaient les représentants du peuple Bleu qui occupaient le secteur. Quelques jours auparavant, les Akonides avaient détecté une bataille meurtrière qui avait fait rage dans le système de Simban, à huit cents années-lumière de là. Croyant qu'il s'agissait de querelles intestines entre les Bleus, Ablebur ne s'en était pas préoccupé. Les Akonides avaient en effet tout intérêt à voir les « têtes de soupières » s'entretuer.

— Que vient-il faire sur Usuth ? interrogea Ablebur avec ennui.

— Il est en perdition, expliqua Troat. Le commandant affirme que les Terraniens ont participé au combat, mais il ne veut pas en dire davantage pour le moment. Je suis persuadé que c'est une ruse pour obtenir l'autorisation d'atterrir.

Ablebur le coupa sèchement.

— C'est moi qui tire les conclusions, déclara-t-il. Comment s'appelle ce commandant ?

— Tan-Pertrec.

— Laissez-le passer. Qu'il se pose le plus vite possible.

La communication terminée, Ablebur retourna à son bureau. La nouvelle de la présence des Terraniens ne l'inquiétait pas outre mesure, tant qu'ils ignoraient l'existence de cette base.

Il supposait réduit le nombre de leurs vaisseaux dans le système de Simban ; depuis la disparition de Perry Rhodan, les difficultés auxquelles ils étaient confrontés obligeaient les Terraniens à concentrer leurs forces sur certains points stratégiques. Ablebur n'avait donc pas de plan préétabli. Avant de prendre la moindre décision, il voulait s'entretenir avec Tan-Pertrec. Il jugeait présentement inutile de donner l'alerte.

Ce Tan-Pertrec n'était pas un inconnu pour lui ; il commandait en effet une flotte largement armée par les services akonides. Il sourit à l'idée que les adversaires des Tentras, les Pagers, recevaient eux aussi du matériel de guerre par ses bons soins. L'effondrement de la domination gatasienne avait produit un effet de court-circuit chez les peuples Bleus, qui, depuis lors, s'entre-déchiraient. Quelques instants plus tard, on l'informa que le vaisseau de Tan-Pertrec avait pris une trajectoire d'approche.

— Qu'avez-vous ? demanda Ablebur, remarquant le comportement inquiétant de Troat, qui lui avait transmis le renseignement.

— Le croiseur de Tan-Pertrec n'est plus qu'une épave, répondit-il. Le moindre incident peut le faire exploser.

Il attendait en fait que l'Akonide annulât ses ordres et retirât au Tentra l'autorisation de se poser. Mais Ablebur coupa la communication.

Peu après, la station au sol annonça l'arrivée du navire. Ablebur quitta le Palais de Verre pour aller sur la terrasse, où un vent chaud lui fouetta le visage. Il s'arrêta devant la fontaine illuminée ; le clapotis de l'eau couvrait tous les autres bruits. Puis l'air se mit à vibrer. Il retourna à l'intérieur. Lorsqu'il ouvrit la porte, le vrombissement se transforma en sifflement perçant. Alors, il donna l'alerte.

Ses collaborateurs se précipitèrent au-dehors, les yeux tournés vers le ciel empli du hurlement des propulseurs de l'appareil qui approchait. Ablebur crut qu'il allait exploser au-dessus de la base, mais les Bleus réussirent à la dernière minute à reprendre de la vitesse. Des véhicules de sauvetage surgissaient de tous côtés. Partout, des projecteurs balayaient l'espace. Un tumulte fébrile animait l'agglomération.

Finalement le navire de Tan-Pertrec disparut dans un vacarme assourdissant, derrière les montagnes. Espérant qu'il réussirait à se poser sans dommage, l'Akonide respira avec soulagement. À cet instant, l'astronef vira à 180°, avant de heurter le sol à quelque distance des premiers bâtiments. Il fit une glissade sur plus d'un kilomètre, avant de s'immobiliser devant le terrain d'atterrissage. Il avait pris feu en cinq points différents. On entendit les sirènes des ambulances qui se précipitaient, pour retirer l'oxygène là où l'incendie avait commencé, afin d'éviter que la carlingue se consumât entièrement. Un essaim d'hélicoptères arriva, pour tenter de prendre les survivants à leur bord.

Les dégâts causés étaient considérables, mais Ablebur comptait bien être dédommagé par les informations qu'il souhaitait obtenir au sujet des événements qui s'étaient produits dans le système de Simban.

Il ordonna que le commandant, s'il était vivant, fût emmené sur-le-champ dans le Palais de Verre. Une demi-heure plus tard, un véhicule de sauvetage s'arrêta. Refusant le soutien de deux Akonides, un Tentra en descendit. Ablebur détestait particulièrement la fierté dont les Bleus savaient faire preuve. Il tenta, en vain, de déchiffrer le regard impénétrable de l'individu qui gravissait avec une peine évidente les marches de la terrasse. Ce fut l'instant choisi par Ablebur pour aller à la rencontre de son hôte. Il constata avec déplaisir que celui-ci portait un radiant à la ceinture. Il marchait de façon déséquilibrée, presque chancelante, comme si son corps sec avait du mal à résister à la violence du vent.

Quand ils furent à l'intérieur, Tan-Pertrec se laissa tomber sur un siège. L'Akonide jugea préférable de rester debout au milieu de la pièce.

— Salut à Tan-Pertrec, postulant d'une place dans le Tscheno supérieur, commença-t-il avec emphase.

— Je n'aurai de place dans le Tscheno supérieur, répliqua le Bleu.

Ablebur se forçait à regarder son interlocuteur, dont la bouche se trouvait à hauteur du larynx.

— Mais ne vous faites pas de souci, je ne tiens pas à en faire partie. Ce n'est qu'une assemblée de fous, qui ne diffusent que ce que vous et vos acolytes leur racontez.

Ablebur pressentit soudain le danger représenté par cet homme. Il connaissait la vérité, et il était venu pour la lui jeter à la face. Il prenait ce risque, bien qu'il dût se douter que les Akonides ne le laisseraient plus repartir.

Le regard d'Ablebur tomba à la dérobée sur le radiant du Tentra. Il maudit la légèreté qui l'avait poussé à le laisser entrer seul. Cet homme était là pour le tuer, placé dans cette situation désespérée par un motif inconnu. Aucun doute qu'il y eût du Terranien là-dessous.

Tan-Pertrec avait surpris les yeux de l'Akonide.

— Ne craignez rien, dit-il, je n'en veux pas à votre vie.

— Quelles sont alors vos intentions ? Est-il vrai que des Terraniens ont fait irruption dans le système de Simban ?

— Oui. Entre autres Perry Rhodan et son ami arkonide, répondit Pertrec, conscient de l'effet que ses paroles allaient produire sur son interlocuteur.

— Rhodan ! grommela Ablebur d'une voix blanche. Je le croyais mort.

— Nous aussi, mais une armada de cinq cents navires est venue à sa rescousse. Ils ont bien failli nous anéantir. Heureusement, nous avons encore eu le temps de chasser Rhodan et ses compagnons sur la planète Roost. Hélas ! j'ai commis de fatales erreurs qui leur ont permis d'être sauvés.

— Qu'est-ce qui me prouve que vous dites la vérité ? demanda sèchement Ablebur.

— Vous n'avez qu'à vérifier. Les Terraniens sont contraints de rester encore quelque temps dans le système de Simban, parce que leurs vaisseaux ont beaucoup souffert.

— Pourquoi me racontez-vous tout ça ?

— Vous supprimer ne me servirait à rien, répliqua le Bleu en montrant son radiant. Vos hommes m'abattraient aussitôt. La seule façon pour moi d'aider mon peuple est de mettre toute la station en danger.

Ablebur eut un rire sarcastique.

— J'ai plus de deux cents astronefs à ma disposition, parmi lesquelles des dizaines de croiseurs de combat, déclara-t-il. En outre, une importante flotte de transport fait route vers nous. Croyez-vous sincèrement que les Terraniens représentent une menace pour cette base ? Ils sont coupés de leurs arrières et n'ont même pas l'espoir qu'un message hypercom soit capté.

Tan-Pertrec se leva.

— Mais ce sont des Terraniens ! hurla-t-il, la voix mêlée de haine et de respect envers l'ennemi. Ablebur eut un geste agacé et méprisant.

— Il est temps de mettre un terme à cette croyance superstitieuse en leur invincibilité. Nous trouverons un moyen de détruire leurs vaisseaux sans subir de pertes importantes. Nous ferons prisonnier Rhodan.

— C'est ce que j'aurais voulu faire, rétorqua le Tentra. À présent, ma mission est terminée. Laissez mon équipage regagner notre patrie.

À ces mots il dégaina, considéra son arme pensivement, et se brûla la cervelle. Pétrifiée, l'Akonide regarda son visiteur s'effondrer au sol. Puis, reprenant vite son sang-froid, il alla à la porte appeler du secours.

— Emportez-le ! ordonna-t-il.

Les deux hommes s'exécutèrent sans un mot. Un médecin apparut sur l'un des écrans, car Ablebur venait de prendre contact avec l'infirmerie.

— Interdiction de soigner les Bleus, dit-il. Ce sont des prisonniers de guerre.

Il appela ensuite avec le Q.G. des équipes de sauvetage, pour leur donner l'ordre de ne plus rechercher de rescapés.

Un plan audacieux prenait peu à peu forme dans sa tête, un plan dont la réalisation impliquait la disparition de tous les témoins, ainsi que celle des « têtes de soupières ». Il était celui qui allait définitivement ravir aux Terraniens leur influence dans la Galaxie. Il suffisait de supprimer cinquante vaisseaux pour que leur défaite fût décisive. Plus il y réfléchissait, plus Ablebur était satisfait. Il pouvait, sans le moindre risque, attirer les Terraniens dans une embuscade.

CHAPITRE II

Livide de colère, l'officier chargé du ravitaillement à bord du *Lion* ouvrit la porte de la cabine en saluant le commandant Nome Tschato.

— Je ne peux plus me taire, déclara-t-il vivement. Je viens encore de le surprendre !

— Qui donc ? demanda Tschato. Expliquez-vous, Mulligan !

— Kasom ! rugit l'officier. Dans la chambre froide ! Ça fait la quatrième fois !

— Si je vous comprends bien, vous avez de temps en temps la visite de Melbar Kasom, marmonna Tschato en frottant ses yeux bouffis de sommeil. Qu'est-ce qui vous gêne là-dedans ?

L'indifférence de son supérieur exaspérait Mulligan.

— Chaque fois qu'il est venu, un tiers des provisions a disparu, répliqua-t-il, hors de lui.

— Écoutez, Mulligan, reprit le géant. Si ça s'est produit quatre fois, il ne peut pas, lors de sa quatrième visite, en avoir dérobé encore un tiers.

L'officier soupira.

— C'était une façon de parler. Quoi qu'il en soit, il vole tout ce qui se mange. Ce type dévore plus que l'équipage tout entier. Quand j'ai voulu l'en empêcher, il m'a enfermé dans le congélateur.

— On dirait que vous êtes dégelé à présent, répondit Tschato en toisant le petit homme.

— Je vous en prie ! La situation est grave ! s'écria Mulligan. Je ne puis garantir que nos provisions suffiront, s'il ne refrène pas sa voracité.

— Eh bien ! que comptez-vous faire ?

— Je pensais, que... peut-être... en tant que commandant..., balbutia Mulligan, embarrassé, en se retirant de la cabine.

Tschato n'eut pas le temps de se remettre au lit. Un appel intercom succéda immédiatement à la visite de Mulligan.

— Ici Perry Rhodan. Je demande à tous les officiers de se rendre au poste central, afin de participer à une réunion avec l'amiral Nayhar.

Tschato s'habilla sans enthousiasme. En sortant dans le couloir, il aperçut Picot, qui marchait péniblement.

— Dan ! Que faites-vous ici ? cria-t-il.

Picot se retourna et eut un sourire de soulagement en voyant Tschato.

— Heureusement que c'est vous, souffla-t-il. Je craignais que ce soit Mulligan.

— Mulligan ? Vous rôdez donc par ici pour vous cacher de lui ?

Le second hocha la tête affirmativement.

— Il veut me forcer à faire quelque chose contre Melbar Kasom. Il ne faut pas qu'il compte sur moi.

— Il a tout à fait raison, objecta le géant. En tant que premier officier, vous êtes son supérieur direct. C'est son droit le plus strict de se plaindre auprès de vous. Allons, réfléchissez un peu à ce que vous pourriez entreprendre contre l'appétit de l'Étrusien !

Sans répondre, Picot suivit le Noir jusqu'au poste central, où Perry Rhodan, Reginald Bull, Atlan et Nayhar étaient déjà rassemblés avec les officiers du *Lion*. Tschato et Picot se joignirent à eux.

Rhodan se leva et salua aimablement les participants.

— Je vous ai réuni au sujet de notre retour dans le système solaire, commença-t-il. La situation de l'Empire demeure critique et il nous faut rentrer le plus rapidement possible, afin de sauver ce qui peut encore l'être. Nayhar, faites un rapport sur la façon dont les choses se présentent, je vous prie.

— Depuis de longs mois, ma flotte intervient militairement dans les conditions les plus difficiles, expliqua celui-ci. Bien que nos unités comptent parmi les plus modernes de l'O.M.U., elles ont considérablement souffert des vols forcés dans le secteur de Simban. Aussi est-il indispensable d'effectuer les réparations qui s'imposent. À la vérité, je ne dispose d'aucun vaisseau qui soit actuellement en mesure de couvrir la distance qui nous sépare encore des territoires dominés par la Terre.

Bien que la plupart des présents fussent déjà instruits de cette réalité, Tschato n'observa que des visages dépités.

— Combien de temps durera la remise en état ? demanda Bully.

— Je ne crois pas qu'on puisse compter moins de quinze jours.

Picot, qui n'avait suivi qu'à moitié la conversation, se concentra en entendant Tschato demander la parole. Lorsque ce dernier faisait une proposition, des moments difficiles attendaient en général l'équipage du *Lion*.

— Nos navires se trouvent actuellement à cinquante années-lumière du système de Simban, dit-il. Le *Lion* doit être lui aussi révisé ; nos techniciens ont déjà commencé les travaux. Si Nayhar peut nous céder quelques pièces détachées, le croiseur pourra repartir dans trois ou quatre jours pour la Terre. Notre propulseur principal ne fonctionne pas à plus de trente pour cent de sa capacité, parce qu'il a été touché par une salve radiante qui a également endommagé notre générateur de champ de force. Je propose donc de stopper toutes les machines, pour accélérer les réparations.

— Je suis totalement d'accord avec vous, répondit Nayhar. Les pièces détachées sont à votre disposition, ainsi que nos spécialistes.

Puis, s'adressant à Rhodan, il ajouta :

— Maintenant, tout dépend de vous. Êtes-vous prêts à demeurer à bord du *Lion* ?

— Oui, dit simplement le Terranien. Colonel Tschato, prenez les mesures nécessaires !

L'Africain quitta aussitôt le poste central, après avoir fait signe à Picot de l'accompagner.

— Quelle guigne ! grommela le blessé quand ils furent seuls dans le couloir. Alors que nous avons si bien mérité un peu de repos, voilà qu'il nous faut repartir pour un nouveau vol-marathon !

Sans s'occuper des états d'âme de son collaborateur, le géant donna ses instructions. Ils discutèrent brièvement de ce qui était le plus urgent, puis ils se séparèrent. On dressa une liste du matériel que Nayhar devrait livrer, en considérant qu'il était plus rapide de remplacer les appareils que de les remettre en état.

En moins d'une heure, les équipes furent à la tâche, efficacement secondées par les hommes de Nayhar, qui agissaient sous les ordres de l'ingénieur Bactas.

Pendant ce temps, à huit cents années-lumière de là, un astronef de petite dimension quittait la planète Usuth. Aucun des vaisseaux stationnés dans le système de Simban ne détecta ce départ, à cause de la faiblesse du rayonnement énergétiquement émis par un si petit appareil.

Un repérage du bâtiment akonide aurait sans doute pu prévenir le malheur. Hélas ! personne à bord du *Lion* ne soupçonnait que la destruction de la flotte commandée par Nayhar était en cours.

CHAPITRE III

Les noms ne sont que des réalités sonores. Ils partent en fumée et sombrent dans l'oubli, comme les hommes qui les portent. Dans l'immensité de notre Galaxie, un nom perd encore plus vite sa signification que sur une planète.

Pourtant celui d'Ablebur demeurait fixé dans les mémoires terraniennes, car Ablebur écrivait son histoire avec du sang, avec le sang des Terraniens. Cette histoire, il l'écrivait dans le secteur de Simban.

En donnant l'ordre d'envoyer le petit astronef dans l'espace, il effectuait, sans le savoir, la première démarche qui graverait son nom dans les mémoires.

Après avoir examiné avec attention la carte du système d'Usuthan, il réalisa avec une profonde satisfaction quel formidable piège il représentait pour la petite escadrille terranienne. Il suffisait aux huit cents vaisseaux akonides d'attendre que l'adversaire pénétrât dans le système.

Pour l'y attirer, Ablebur possédait un moyen infaillible. Il savait en effet que l'état-major terranien pourchassait impitoyablement les trafiquants d'armes. Or, une armada de navires de transport venait de sortir du Système Bleu, à proximité de Simban. Naturellement, les Terraniens sauteraient sur l'occasion pour fouiller le convoi. Ils le suivraient donc jusque dans le système d'Usuthan où une embuscade les attendrait.

La navette courrier qu'il avait dépêchée demanda au responsable du transport de matériel de dévier sa route et de mettre le cap sur le système de Simban, où le vol linéaire serait interrompu. C'est intentionnellement que le convoi se ferait repérer par les Terraniens.

Content de lui, l'Akonide replia la carte. Il regrettait que Tan-Pertrec se soit suicidé, car il aurait aimé lui montrer que les Terraniens se laissaient berner aussi facilement que les autres races. Il suffisait d'en trouver le moyen.

Dehors, le jour commençait à poindre et, malgré le manque de sommeil, Ablebur se sentait en pleine forme. Depuis son Palais de Verre, il pouvait communiquer avec toutes les unités akonides présentes dans le système d'Usuthan et suivre en direct le combat qui se préparait. Il appela Troat par intercom, afin de l'informer du plan qu'il venait d'échafauder.

— Placez deux escadres de surveillance autour d'Usuth et d'Usuthron, commanda-t-il. Je ne veux pas que les Terraniens bombardent ces planètes.

— Aucun vaisseau n'est en vue, assura Troat. Il est inutile de monter la garde.

— La Galaxie est pleine des ruines de villes qui furent détruites à cause de semblables erreurs, rétorqua Ablebur. Vous attaquerez les Terraniens avec sept cents unités, dont la moitié partira d'Usuth, tandis que l'autre les aura déjà arrêtés. Ainsi, l'effet de surprise jouera pleinement.

N'ayant rien à répliquer, Troat se contenta de transmettre les consignes.

— Quiconque agira à sa guise sera sévèrement puni, ajouta Ablebur pour conclure. N'oubliez pas le destin de Tan-Pertrec, Troat !

À ces mots, il alla dans la pièce du fond, pour contempler ses pierres de Métys comme il le faisait chaque matin ; le scintillement de ses joyaux le ravissait. Il referma l'écrin au bout d'un moment et voulut prendre le coffret dans lequel se trouvait le Métys. Quelle ne fut pas sa stupéfaction quand, après l'avoir posé sous la lampe à quartz, il constata sa disparition.

Ablebur savait parfaitement que la créature ne pouvait pas se déplacer. Quelqu'un l'avait donc volée. Mais qui ?

Il ne s'agissait sûrement pas de l'un des trois individus qui travaillaient dans l'antichambre. Ils n'étaient pas assez stupides pour ne pas deviner qu'un hypno-interrogatoire les trahirait aussitôt.

En fait, plus il réfléchissait, plus il lui semblait improbable que le Métys eût été dérobé. Après tout, les connaissances que l'on possédait au sujet de ces étranges animaux étaient très fragmentaires. L'Akonide commença à chercher dans la pièce, mais il ne trouva aucune trace. Alors, y avait-il eu tout de même un voleur ? Sa perplexité était à son comble. Tôt ou tard, il finirait par avoir une explication.

Il retourna dans le bureau, tout en observant à la dérobée ses trois collaborateurs. Ceux-ci travaillaient tranquillement. Il s'assit à sa table, comme si de rien n'était.

— Le Métys a disparu, annonça-t-il.

Le bruit d'une explosion n'aurait pas produit plus d'effet. Cloués à leur fauteuil, les trois hommes regardèrent leur supérieur, le visage bouleversé. Puis ils se mirent à parler tous à la fois dans une incroyable précipitation.

Ablebur leva la main.

— Vous serez soumis à un interrogatoire hypnotique, annonça-t-il.

— Nous y sommes prêts, répliqua l'un d'eux. Mais n'oubliez pas que d'autres personnes peuvent également pénétrer dans le palais de verre.

L'Akonide récusa immédiatement cet argument.

— Personne n'est venu pendant la nuit, sinon l'alarme se serait déclenchée. Soit le Métys s'est échappé, soit on l'a volé. Et, dans ce cas, le voleur ne peut être que l'un d'entre vous.

Tous trois protestèrent énergiquement. Ils étaient en fait terrorisés, car ils connaissaient les châtiments impitoyables d'Ablebur. Avec lui, un simple soupçon suffisait pour provoquer la disgrâce.

— Je laisse une chance au malfaiteur, conclut-il. Si le Métys réapparaît avant ce soir, je ne ferai pas d'enquête.

CHAPITRE IV

Les réparations de la coque du *Lion* avançaient très vite. Toutes les parties endommagées furent remplacées et ressoudées.

— Les techniciens travaillent avec sérieux, remarqua Bactas, l'ingénieur en chef qui supervisait le chantier.

— C'est que nous nous donnons de la peine, renchérit Picot.

— La remise en état du propulseur principal nous pose des problèmes imprévus, reprit Bactas. Sans les spécialistes de Nayhar et notre nouvel outillage, nous n'y arriverions pas en trois jours. Au fait, quand commencez-vous les soutes ?

— Les déblaiements ont déjà…

Le hurlement de l'alarme l'empêcha de terminer. L'ingénieur tendit l'oreille, puis tout redevint calme.

— Probablement un accident, supposa Dan. On ne peut pas nous informer, vu que l'intercom ne marche pas.

— Je redoute l'apparition de navires ennemis,

avoua Bactas. Songez que le *Lion* n'est pas en mesure de se défendre contre une agression éventuelle.

Picot se dirigea sans répondre vers le poste central. Quand il y entra, il se rendit compte que ce n'était pas à cause d'un banal accident qu'on avait déclenché l'alarme. Perry Rhodan, Tschato et Nayhar tenaient un véritable conseil de guerre. Ce dernier était en train d'affirmer qu'il s'agissait sans aucun doute d'un convoi de transport, escorté de quelques croiseurs.

Picot perçut la tension qui régnait entre eux, bien que leurs visages ne trahissent aucune émotion.

— Pourquoi ce convoi devrait-il précisément venir dans le système de Simban ? interrogea Rhodan.

— Nous avons détruit un arsenal avant de venir ici, ajouta Nome Tschato. La commande était peut-être destinée à cette planète et les Akonides ne savent à présent plus que faire de leur cargaison. Ils tentent sans doute de prendre contact avec les Bleus dans ce secteur.

— Croyez-vous que vos vaisseaux peuvent arrêter les contrebandiers ? demanda Atlan à Nayhar.

— Certainement, répondit celui-ci. La puissance de notre flotte dépasse de dix fois la leur.

La réserve de Rhodan en cette matière s'expliquait par le fait que l'armada commandée par Nayhar faisait partie de la flotte de l'O.M.U., placée elle-même directement sous les ordres d'Atlan.

— Ce sont environ cent vingt navires de transport, dont le fret permet d'équiper une flotte entière de Bleus, expliqua ce dernier. Cela signifie, bien entendu, la mort de nombreux Terraniens. Si nous réussissons à les obliger à se rendre, les Akonides seront pris la main dans le sac. Alors, soit ils cesseront la contrebande, soit ils feront officiellement sécession et déclareront la guerre à l'Empire.

— Et si le convoi ne capitule pas ? demanda tranquillement Reginald Bull.

— Nous disposons de plus de cent quarante vaisseaux, répliqua Nayhar avec impatience. Les Akonides seraient fous de se risquer dans une bataille face à une telle supériorité numérique.

Atlan interrompit la discussion en se levant pour aller à côté de Nayhar.

— Il ne faut pas rater cette occasion, décida-t-il. Je donne l'ordre à l'amiral Nayhar de stopper le convoi et de le forcer à se poser sur une planète inhabitée, où ils déchargeront les armes et le matériel, pour les détruire.

Picot savait que le *Lion* ne pouvait pas participer à l'opération, vu que ses équipements n'étaient pas en état. Aussi ressentait-il de l'inquiétude à voir les croiseurs de Nayhar se séparer d'eux. Quand Tschato quitta le central, il le suivit.

— Qu'en pensez-vous ? lui demanda-t-il.

— Le *Lion* restera un peu isolé, répondit le géant, impassible.

Tandis qu'en tête de la flotte de l'O.M.U., l'*Alora* volait à toute allure vers le système de Simban, Role Nayhar observait les mouvements des Akonides sur ses écrans de détection, sans se douter qu'il emmenait son armada à sa perte.

Il s'étonna de la direction suivie par l'ennemi. Le responsable du convoi devait être fou, ou alors parfaitement sûr de ce qu'il faisait. Mais les Akonides n'avaient certainement pas confié la précieuse cargaison à un débutant. Ils ne pouvaient en effet avoir prévu l'apparition dans ce secteur retiré, de centaines de navires terraniens. Dans ce cas, la surprise les ferait capituler immédiatement.

Si Nayhar avait réfléchi plus froidement au comportement de son adversaire, il aurait peut-être évité le pire. Quand il donna l'ordre de se préparer à encercler le convoi, celui-ci augmenta sa vitesse pour passer en vol linéaire. Les points clairs disparurent des écrans.

— Qu'est-ce que ça signifie ? demanda Nayhar à Purgat, le premier officier de l'*Alora*.

— Ils ne veulent sans doute plus attendre, parce que le risque devient trop grand.

Il n'avait plus le choix : il fallait continuer en direction du système de Simban. Dix minutes plus tard, les Akonides se rematérialisèrent à cent années-lumière de là. Nayhar avait été pris de court.

— Ils nous avaient donc repérés, observa Purgat.

Role se sentit envahi par une rage impuissante. Les contrebandiers pensaient-ils s'en tirer à si bon compte ? Il regretta de ne pouvoir consulter Atlan. Il estima cependant agir dans l'esprit du chef de l'O.M.U. en se lançant à leur poursuite.

Il commanda de changer de cap et de se diriger vers le convoi, de telle sorte qu'à l'approche des vaisseaux de l'O.M.U., il lui soit impossible de quitter l'espace linéaire. Hélas ! c'est ce qui se produisit, dès que les Akonides eurent détecté l'armada dont Nayhar avait la responsabilité. Lorsqu'ils réapparurent, ils se trouvaient à deux cents années-lumière de leur position précédente.

— Ils ne tiendront pas longtemps ainsi, remarqua Purgat.

Son supérieur se mordait nerveusement la lèvre : il n'avait pas prévu de s'éloigner à ce point du système de Simban. Il fit appeler le *Lion*, mais n'obtint toujours pas de réponse. Constatant son hésitation, Purgat lui demanda s'il souhaitait abandonner la poursuite.

— Non, répondit Nayhar, décidé.

La troisième tentative échoua au moment où il allait envoyer un ultimatum. Au bout de dix minutes, les Akonides demeuraient toujours invisibles.

La consommation en énergie des vaisseaux akonides étaient supérieure à celle de ceux de l'O.M.U., à cause de la difficulté de leur manœuvre. Nayhar commit l'erreur d'interpréter cette réalité comme une faiblesse.

— Ils vont épuiser toutes leurs ressources, dit Purgat, l'œil rivé sur les écrans de détection.

— Ils espèrent probablement que les Bleus vont voler à leur secours, supposa Devirag, le premier navigateur.

— Ils se font des illusions. Les « têtes de soupières » ne sont pas près d'oublier leur défaite dans le système de Simban, répliqua Nayhar, qui sentait intuitivement que les Bleus avaient une stratégie précise, qu'il ne parvenait pas à cerner.

— Les revoilà ! s'écria Purgat.

— Presque trois cents années-lumière, constata Role avec dépit. Qu'en dites-vous ?

— Ils s'attendent certainement à ce que nous abandonnions la poursuite, répondit le major.

— Possible, répondit Nayhar, sceptique.

À la quatrième tentative, les Akonides firent un bond de soixante-dix années-lumière seulement.

— Ils s'affaiblissent ! exulta Purgat. Ça va chauffer pour eux !

Nayhar distingua sur les écrans un soleil rouge, très éloigné, dans une zone presque dépourvue d'étoiles. Les Akonides avaient mis le cap sur cette région. S'agissait-il là d'un hasard ou recherchaient-ils le renfort des Bleus ? Il tenta un nouveau contact avec le *Lion*. Enfin, il reçut une réponse. Suragne passa la communication à Atlan.

— Vous vous êtes beaucoup éloignés, estima l'Arkonide. Vous vous trouvez actuellement à sept cents années-lumière du système de Simban.

Nayhar ne parvint pas à savoir si son interlocuteur approuvait ou non cette situation.

— L'ennemi a eu chaque fois le temps de prendre la fuite, expliqua-t-il. Il s'est retiré par des sauts successifs dans l'espace linéaire, mais semble avoir à présent des difficultés.

— Avez-vous eu des accrochages avec eux ?

— Non. Nous avons l'impression qu'ils veulent atteindre une étoile rouge qui se trouve à une centaine d'années-lumière.

— C'est possible, admit Atlan. Si vous constatez que ce soleil possède des satellites, méfiez-vous des Bleus.

— C'est entendu, répondit Nayhar. Pouvons-nous continuer la poursuite ?

— Oui, mais fixez-vous la limite de l'étoile rouge.

Si vous ne rattrapez pas les Akonides avant de l'atteindre, rebroussez chemin.

La flotte de l'O.M.U. se mit alors à foncer en direction d'Usuthan. Les Akonides disparurent de nouveau à leur approche pour reparaître soixante-dix années-lumière plus loin. Au poste central, on observa que le système inconnu possédait huit planètes, mais on ne détecta aucun autre vaisseau. Nayhar fut alors convaincu que les Akonides se repliaient là pour mettre leur cargaison en sécurité, et non pour y trouver du renfort.

Il pénétra ainsi avec son escadrille à l'intérieur du système d'Usuthan. Ce jour du 13 février 2329 devait devenir l'un des plus sombres dans l'histoire de la navigation spatiale.

Il était midi sur Usuth. Une chaleur implacable écrasait le désert. À l'intérieur des bâtiments la climatisation régulait la température et l'humidité de l'air. Ablebur se sentait à l'aise dans la fraîcheur du Palais de Verre. Ne pensant qu'à la bataille à laquelle il allait assister, il avait oublié le Métys. Tout se déroulait pour l'instant comme prévu : le convoi se repliait doucement dans le système d'Usuthan, suivi par les Terraniens. Il imaginait avec délectation l'inquiétude qui allait s'emparer de la Terre lorsque la flotte ne répondrait plus. Un appel intercom interrompit ces agréables rêveries.

Troat l'informa que le convoi terminait son dernier vol linéaire et pénétrait dans le système. Le chef akonide ne réagit pas ; il se contenta de contempler les tatouages de ses ongles.

— Je pensais que ça vous intéresserait, insista Troat.

— Est-ce que les Terraniens suivent ? demanda tranquillement Ablebur.

— Je ne peux pas encore me prononcer.

Ablebur songea aux trois cent cinquante navires qui

se tenaient prêts à appareiller et à l'autre partie de la flotte qui, sous les ordres de Troat, attendait du côté d'Usuthron. Les deux planètes se trouvaient presque alignées ; c'était là une circonstance tout à fait favorable. Il suffisait au responsable du convoi d'attirer les Terraniens entre les deux.

— Les navires de transport traversent à présent la zone prévue pour le combat, annonça Troat.

— Êtes-vous prêts ? demanda Ablebur.

— Oui, commandant.

— Bien. Dès que les Terraniens apparaissent, vous partez. N'oubliez pas qu'ils vous repéreront tout de suite et croiront à une attaque venant d'Usuthron. C'est exactement ce que j'attends. Quand les premiers jets radiants auront été tirés, la deuxième flotte appareillera d'Usuth pour les prendre à revers.

Tout devait se dérouler très vite, car il fallait éviter qu'une partie des vaisseaux ennemis puissent prendre la fuite.

— Voilà ! Ils arrivent ! cria Troat, dont la voix fit vibrer les haut-parleurs. Ils vont droit dans le piège.

— C'est magnifique ! exulta Ablebur.

Quelques secondes plus tard, trois cents bâtiments akonides fonçaient par rangs de vingt en dehors du champ de gravitation d'Usuthron, braquant leurs canons radiants dans la direction où la flotte de Nayhar allait apparaître.

L'amiral Nayhar ne quittait pas des yeux les détecteurs. Il constata que l'ennemi ne se retirait plus dans l'espace linéaire pour échapper à ses poursuivants ; au contraire, il ralentissait.

— Ils abandonnent ! s'écria Purgat triomphant.

Nayhar donna l'ordre à sa flotte de se déployer en éventail, tout en réduisant sa vitesse, tandis qu'il envoyait un ultimatum aux Akonides. Il était persuadé qu'ils ne parviendraient plus à lui échapper, car ce système solaire inconnu demeurait à ses yeux un espoir chimérique.

Il regarda sa montre : il leur avait donné trois minutes pour se rendre. Il comptait bien éviter un bain de sang, mais le cas échéant, il n'hésiterait pas à leur montrer la supériorité militaire terranienne. Une minute s'était déjà écoulée, au cours de laquelle ils s'étaient rapprochés de l'adversaire insaisissable. À cet instant, le signal d'alarme se déclencha.

Purgat poussa un cri de pure terreur. Sur les écrans, des points lumineux fourmillèrent brusquement. Nayhar réalisa qu'ils étaient tombés dans une embuscade : le convoi n'avait été qu'un appât, auquel il avait eu la naïveté de mordre.

— Branle-bas de combat ! hurla-t-il dans le micro. Mettez les écrans protecteurs en action !

Après avoir donné les instructions, il tenta d'évaluer le nombre de vaisseaux qui les attaquaient. Il fut effaré : quelque trois cents unités qui volaient à une vitesse deux fois supérieure à celle de l'*Alora*. Il était trop tard pour prendre la fuite. Eh bien, il se battrait !

L'escadrille de Nayhar perdit vingt unités, avant que leurs responsables n'aient eu le temps de réaliser ce qui se passait. Un immense désarroi envahit les vaisseaux de l'O.M.U., qui augmentèrent leur vitesse pour tenter d'éviter le chaos. L'effroi glaçait Nayhar.

L'*Alora* fut touché par les premiers jets radiants, alors que quinze autres croiseurs explosaient, avant de pouvoir répliquer. Enfin, les navires de l'Empire réussirent à coordonner leur action. Mais il était difficile de gêner un adversaire qui faisait feu de tous azimuts.

On put cependant lancer des missiles, dont l'un détruisit un bâtiment ennemi. Forts de ce premier succès, les Terraniens changèrent de position, tout en intensifiant leurs tirs de rayons thermiques. En quelques minutes, l'adversaire perdit une dizaine de vaisseaux.

Nayhar comprit qu'il ne pouvait pas gagner la bataille, mais il conçut l'espoir de retirer sa flotte avec un minimum de pertes. Un hurlement de Purgat le tira de ses réflexions. Il regarda les écrans de contrôle et réalisa l'étendue de la catastrophe : au moins trois cents croiseurs étaient à leurs trousses. Paniqué, il donna l'ordre de décamper, la lutte étant devenue sans issue. Mais au même moment, l'*Alora* fut encerclée.

Le *Lion* ne pouvait toujours pas repartir, car le principal propulseur ne fonctionnait pas encore tout à fait. Une partie de l'équipage observait les détecteurs qui l'informaient de ce qui arrivait à Nayhar, à huit cents années de lumière de là.

— Un piège, murmura Atlan, décontenancé. Ils sont perdus. Que peuvent-ils face à une telle supériorité ?

— Ah, les chiens ! s'exclama Bully. Par la barbe d'un petit bouc vert ! J'espère qu'ils vont en bousiller un maximum avant d'être touchés !

— Je vais lui donner l'ordre de se replier s'il le peut, décida l'Arkonide en se dirigeant vers Suragne.

Mais Rhodan s'opposa à l'émission d'un message hypercom.

— Songe au *Lion*, expliqua-t-il, sans détacher ses yeux de l'appareil. Les propulseurs ne pourront marcher que dans un jour ou deux, et tout ce que nous émettons peut être intercepté par les Akonides, qui ne manqueraient pas de venir nous déloger.

— Tu as raison, dit Atlan, en souhaitant que Nayhar ait la présence d'esprit de ne pas leur envoyer de S.O.S.

— Il choisira sûrement la fuite, remarqua Rhodan. Il ne sacrifiera pas des vies humaines pour rien.

— Les chances de nous en sortir me paraissent bien minces, ajouta Bully, résigné. Les Akonides vont finir par nous faire prisonniers et, par comparaison, je crains que les Plophosiens aient été des enfants de chœur.

Perry l'exhorta à ne pas se décourager.

— Il ne faut pas désespérer, lui dit-il. Pour le moment, nous sommes en liberté. De plus, les trafiquants d'armes devraient se dépêcher s'ils ne veulent pas qu'on les repère. Ils ne sont manifestement pas au courant de notre présence dans le système de Simban.

— Excusez-moi, objecta Nome Tschato. Comment expliquez-vous alors la remarquable réaction du convoi de transport quand Nayhar est apparu ? Vous croyez vraiment qu'ils ne savaient rien ?

L'argument était en effet très pertinent. Les Akonides possédaient donc vraisemblablement une importante base dans le système solaire inconnu où se déroulait le combat. À supposer qu'ils entretiennent des contacts avec les Bleus, ils avaient pu apprendre la présence d'une escadrille terranienne dans le système de Simban ; dans ce cas, l'apparition du convoi dans ce secteur n'était plus le fruit du hasard.

— Je pense que vous avez raison, répondit Rhodan. Le transport des armes n'a été qu'un stratagème. Nous sommes tombés dans le panneau, comme des enfants.

— Les Bleus ! s'écria Atlan. Ce sont eux qui nous ont livrés aux Akonides. Ils savent par conséquent que nous nous trouvons ici.

L'Akonide et le Terranien échangèrent un regard chargé d'inquiétude. Le *Lion* demeurait pour quelque temps encore dans l'impossibilité de se déplacer. De surcroît, on ne pouvait pas brancher les champs de force, car les Akonides risquaient d'en détecter l'émission énergétique.

Tschato se leva pesamment.

— Je vais dire aux hommes d'accélérer les travaux, déclara-t-il en quittant le poste central.

En le voyant pénétrer dans la soute, Picot comprit immédiatement qu'il y avait un problème. Le géant l'instruisit en quelques mots de la situation, puis il lui expliqua que tout dépendait de la rapidité avec laquelle ils termineraient les réparations.

— À qui le dites-vous, grommela Dan, vexé. On bosse comme des dingues et Bactas ne cesse de tempêter pour faire accélérer les hommes qui n'en peuvent déjà plus.

— Il faut qu'ils travaillent encore plus vite, dit froidement Tschato, tout en jetant un coup d'œil à la chaloupe *Lion I*.

— Est-ce qu'elle a été très endommagée lors de la récupération de la vedette ? demanda-t-il.

— Pas du tout, si ce n'est quelques rayures sur la coque, répondit Picot.

Tschato examina l'appareil comme s'il le voyait pour la première fois.

— Je crois que j'ai une idée, marmonna-t-il.

Le second écarquilla les yeux. Il ne redoutait rien tant que les idées de son supérieur, qui annonçaient toujours des moments difficiles. Que voulait-il faire à présent de cette chaloupe ? Commencer une guerre contre les Akonides ? Rhodan interdirait sûrement une telle aventure... Il n'eut pas le loisir de poser des questions : Tschato avait déjà disparu.

*
* *

Seize, dix-sept, dix-huit ! Role Nayhar renonça à compter les salves qui secouaient l'*Alora*. Le croiseur était vraisemblablement touché en plus de vingt points et un tiers de l'équipage devait avoir trouvé la mort. Heureusement, les équipements indispensables fonctionnaient encore.

Nayhar estimait que seulement une quarantaine d'unités réussiraient à sortir du guêpier, sur les cent quarante que comptait son escadrille au départ. La défaite était cuisante, tragique, irréparable. On eût dit un vieillard au visage creusé qui donnait des ordres aux vaisseaux encore capables de les recevoir. En aucun cas les Akonides ne devaient apprendre que Perry Rhodan se trouvait à bord d'un astronef, à moins de huit cents années-lumière de là. Il fallait qu'ils croient à la disparition du Stellarque pendant la bataille. Il était donc impossible d'émettre un message à l'adresse du *Lion*, vu les risques de détection.

Nayhar eut l'idée d'envoyer un S.O.S. sur une longueur d'onde captable par tout le monde ; en l'interceptant, l'ennemi ne se douterait de rien. Seul le *Lion* en comprendrait la véritable signification.

L'*Alora* réémergea dans l'espace normal à seize

années-lumière du champ de bataille. Trente-six vaisseaux avaient réussi à se sauver, sans trop de dégâts.

— Vous allez partir vers le Centre de la Galaxie, ordonna-t-il à deux bâtiments d'un moindre tonnage. Il faut absolument prendre contact avec un croiseur terranien.

Les commandants firent remarquer la témérité insensée de la mission, mais Nayhar insista :

— Je sais que les chances de réussir sont minces, conclut-il, mais il faut tout de même essayer.

Les deux nefs se détachèrent du reste de la flotte en déroute, pour mettre le cap sur un objectif qu'elles n'atteindraient probablement jamais. Leurs équipages se consolaient en se disant que la situation des autres n'était pas plus enviable. À n'en pas douter, les Bleus et les Akonides ne tarderaient pas à les prendre en chasse. Au mieux, ils découvriraient une planète à atmosphère d'oxygène, sur laquelle ils pourraient finir leurs jours.

En effet, les détecteurs de l'*Alora* indiquèrent bientôt l'approche d'une escadre ennemie. Nayhar donna l'ordre de prendre la fuite : tant que les Akonides s'occuperaient de lui, ils ne trouveraient pas le *Lion*. Quand le croiseur pénétra dans la zone de libration, Nayhar ferma les yeux ; il se prit à rêver de sa planète natale, qui lui semblait si loin…

CHAPITRE V

Le visage de Troat apparut sur l'écran d'Ablebur.

— C'est fini, commandant, annonça-t-il. L'ennemi a été éliminé.

Ablebur avait cru qu'il savourerait cette nouvelle, mais seul se calmait à présent l'état d'excitation auquel il avait été en proie ces dernières heures. La victoire avait été sans doute trop facile. L'incertitude sur l'issue du combat lui avait manqué. Il perçut la peur dans la voix de son subordonné, qui craignait sa réaction.

— Quelques navires terraniens ont réussi à prendre la fuite, ajouta celui-ci.

— Ils n'iront pas loin, répondit-il calmement. Ils ne représentent aucun danger pour nous. Si les Bleus ne les attrapent pas, ils tomberont tôt ou tard entre nos mains.

Troat fut soulagé, car cette bataille comptait plus pour lui que pour Ablebur, qui en avait seulement conçu le plan, mais n'avait pas affronté directement l'adversaire.

— Nous avons six cents prisonniers, que nous allons acheminer sur Usuth, dit-il.

— Est-ce que Perry Rhodan se trouve parmi eux ? demanda Ablebur.

— Rhodan et ses amis ont péri dans les hostilités. Je pensais que vous aviez intercepté le S.O.S. des Terraniens.

— Ça ne leur ressemble pas de nous donner de telles informations, remarqua le chef akonide, avec mépris.

— Ils n'avaient pas imaginé que nous puissions recevoir le message.

— On va bientôt le savoir, répliqua Ablebur. Faites venir trois officiers au bâtiment vitré ; emprisonnez les autres.

Il coupa la communication pour réfléchir à tête reposée. Il était possible que ce S.O.S. fût une ruse et que Rhodan se trouvât en réalité à bord d'un des vaisseaux en fuite. Si tel était le cas, les Terraniens comptaient que les Akonides interrompraient les poursuites en apprenant la mort du Stellarque. Seul un psycho-interrogatoire tirerait cela au clair.

Il sortit sur la terrasse pour contempler le travail des engins de déblaiement qui dégageaient sans relâche le sable des pistes en béton. Un homme s'approcha de lui pour lui demander, avec respect, s'il avait besoin d'une voiture.

— Non, répondit Ablebur. Allez chercher à l'infirmerie les appareils nécessaires à un interrogatoire.

— Souhaitez-vous la présence d'un médecin ?

— Je le ferai savoir en temps utile.

Il suivit des yeux l'homme qui partait exécuter son ordre. Puis il quitta la loggia et fit le tour du Palais de Verre. Une chaleur de plomb lui tomba sur les épaules.

En regardant pensivement le désert, il songea que la station entière ne tarderait pas à être ensevelie, si les Akonides s'en allaient. Cette idée le mit mal à l'aise.

Il retourna dans son bureau pour attendre l'arrivée des prisonniers. Il les imagina entrant la tête haute, le regard fixe. Tous les Terraniens possédaient cette étrange fierté, la même que celle manifestée par Tan-Pertrec au moment de sa mort.

Le temps passa. Il alla voir dans la pièce voisine si le Métys n'avait pas reparu. Toujours rien. Il s'y consacrerait à nouveau lorsque les Terraniens auraient parlé. Enfin, les navires de Troat atterrirent, tandis que l'employé apportait le matériel. Il fit tout poser sur sa table, effectua les branchements, puis renvoya l'homme.

— Tenez-vous prêts pendant l'interrogatoire, dit-il à ses trois collaborateurs. Si l'un des détenus veut m'attaquer, vous l'abattez immédiatement.

S'agissant des Terraniens, il ne voulait en effet prendre aucun risque.

Peu après, Troat arriva à bord d'un petit véhicule, dont deux hommes armés firent descendre trois officiers terraniens. En entrant, l'astronaute salua Ablebur d'un geste de la main. L'Akonide observa un moment ses prisonniers, puis saisit sans un mot une feuille de papier, afin de se donner un peu d'air. Le silence était absolu, troublé seulement par le bruissement de l'éventail.

— Bonjour, messieurs, dit-il enfin en intergalacte. On vous a amenés ici pour vous poser une seule question. Si vous êtes raisonnables, tout ira très vite, vu que le Système Bleu et la Terre sont en paix. Je suppose que vous ne voyez pas d'inconvénient à ne pas être considérés comme prisonniers de guerre.

— Nous nous considérons comme les hôtes d'un pirate, rétorqua l'un d'eux avec dédain.

— Tout pirate se permet certaines libertés qui sont réprouvées chez d'autres peuples, continua Ablebur, en montrant les instruments. Il existe différentes méthodes d'interrogatoire hypnotique : certaines sont indolores, d'autres ne le sont pas, d'autres encore laissent des traces… Le matériel que vous voyez là sert à celles qui ne causent aucune souffrance. Cependant, si le patient subit la question pendant plus de dix minutes, il risque de ne plus retrouver toutes ses facultés intellectuelles.

Le major Aitken fit trois pas en avant.

— Vous pouvez commencer avec moi, déclara-t-il.

— Vos navires ont émis un S.O.S., dit Ablebur. Est-ce que Rhodan est vraiment mort ?

— Oui, affirma le Terranien.

— Votre réponse resterait-elle identique, si on vous le demandait psychiquement ?

— Bien sûr, répliqua Aitken.

— Alors, asseyez-vous !

Le Terranien s'exécuta. Ablebur fixa des câbles à ses membres, puis il plaça le miroir hypnotique face à lui. Il fit signe ensuite à Troat de mettre le contact. À cet instant, Aitken eut un soubresaut et sa tête tomba sur sa poitrine. L'astronaute voulut faire feu, mais Ablebur le retint d'un geste. Le prisonnier était mort.

La rage impuissante d'avoir été dupé et de n'avoir pas prévu la capsule de cyanure envahit l'Akonide. Il avança vers les deux autres, en les foudroyant du regard.

— Il s'est suicidé ? leur demanda-t-il.

Oui, répondit l'un d'eux.

— Empoisonné ? insista Ablebur.

— Non. Certains officiers de l'O.M.U. ont la capacité spirituelle de se supprimer lorsqu'ils estiment le moment venu. Ils provoquent alors un arrêt de leur propre cœur.

Ablebur frappa violemment son interlocuteur au visage.

— Ne raconte pas de salades ! hurla-t-il.

Il fit signe à Troat, qui conduisit le détenu à la place occupée peu avant par Aitken. Il s'y assit, tandis que l'astronaute le ficelait. Quand celui-ci mit l'appareil en marche, il tressaillit, mais resta en vie. L'interrogatoire pouvait commencer.

— Comment vous appelez-vous ? demanda l'Akonide.

— Gwendolyn. Daniel Gwendolyn.

— Vous êtes officier terranien, n'est-ce pas ?

Hypnotisé, l'homme répondit affirmativement.

— Est-il exact que certains gradés de l'O.M.U. ont la faculté de causer leur propre mort quand ils le souhaitent ?

— C'est vrai, mais ça ne concerne que quelques-uns d'entre eux.

— En faites-vous partie ?

— Non.

— Fort bien. Que savez-vous de Perry Rhodan ? A-t-il été tué dans une bataille spatiale ?

— Non.

Ablebur entendit soudain du bruit dans son dos. Il se retourna et vit Troat aux prises avec le troisième Terranien. Ce dernier, profitant d'un instant d'inattention de son garde, s'était jeté sur lui pour lui dérober son radiant.

— Tirez ! ordonna le responsable de la station à ses collaborateurs, qui restaient figés sur leur chaise.

L'agresseur s'écroula presque aussitôt. Troat se releva, échevelé, hors d'haleine.

— Espèce de maladroit ! lui cria Ablebur. Il fallait le surveiller, et non écouter l'interrogatoire.

— Il s'est précipité sur moi si brutalement, répondit Troat pour sa défense.

— Sortez d'ici ! Allez attendre mes ordres à votre bord.

L'astronaute se retira, tandis que son supérieur reprenait le fil de ses questions. L'officier terranien était toujours sous hypnose, le regard fixé sur le désert.

— Rhodan se trouve donc sur l'un des croiseurs qui a pris la fuite ?

— Non, répondit Daniel Gwendolyn. Le *Lion* l'a recueilli.

Ablebur dut se cramponner des deux mains aux accoudoirs de son fauteuil. Cela signifiait que le Stellarque et ses amis faisaient déjà route vers le Centre de la Galaxie. N'avaient-ils donc pas participé au combat ? Pour quelle raison les responsables terraniens avaient-ils essayé de convaincre les Akonides de la mort de Rhodan au moyen d'un faux message ?

— Quelle est la position actuelle du *Lion* ? demanda Ablebur.

— Dans le système de Simban.

L'Akonide respira : il y avait encore une chance de mettre la main sur les personnalités les plus éminentes de l'Empire, car huit cents années-lumière seulement séparaient Usuth du système en question.

— Quelle est la mission du croiseur ? ajouta-t-il.

— Il doit conduire Perry Rhodan sur la Terre.

— Quand ?

— Lorsque les réparations seront terminées.

— Des réparations ? Le *Lion* n'est donc pas opérationnel ?

— Non.

Ablebur courut aux installations hypercom, afin de prendre contact avec l'escadre de surveillance.

— Que cent navires appareillent immédiatement et mettent le cap sur le système de Simban, ordonna-t-il sèchement. Un vaisseau ennemi endommagé est bloqué là-bas, avec Perry Rhodan à son bord. Faites prisonniers le Terranien et ses compagnons.

— Mais Troat va..., voulut objecter l'homme qui était apparu sur l'écran.

Ablebur le coupa aussitôt.

— Troat assumera vos fonctions pendant votre absence, dit-il. Chaque minute est précieuse ; il faut que vous ayez rejoint le croiseur avant qu'il soit remis en état.

Sans attendre les objections du commandant, il coupa la communication, pour retourner vers le Terranien hypnotisé. Après avoir débranché l'appareil, il le gifla, pour qu'il revînt à lui.

— Debout, Gwendolyn ! dit-il quand l'officier eut secoué la tête. C'est fini.

Le prisonnier se sentait submergé de haine.

— Qu'ai-je dit ? demanda-t-il en serrant les poings.

Savourant le désespoir de son adversaire, Ablebur éclata d'un rire sonore.

— Tout, répondit-il. Une escadrille fait déjà route en direction du système de Simban, à la poursuite de votre Stellarque.

Gwendolyn se leva, le visage décomposé.

— Vous ne triompherez jamais de la Terre ! s'écria-t-il.

— Si, répliqua calmement l'Arkonide.

**
*

Le *Lion* ne se trouvait pas exactement dans le système de Simban. Sa position en était éloignée d'une cinquantaine d'années-lumière. Cela le mettait donc à l'abri d'une détection rapide par les vaisseaux de reconnaissance akonides. Ablebur avait en effet commis l'erreur de ne rien demander à Gwendolyn concernant les coordonnées du navire terranien.

Ainsi, sans être directement menacé, son équipage put observer l'escadrille ennemie qui s'approchait.

— Les voilà, murmura Rhodan.

— C'est ce que j'avais prévu, ajouta Atlan. Les messages émis par Nayhar ne les ont pas abusés.

— Ils ont vraisemblablement fait des prisonniers qui ont parlé sous hypnose, supposa Perry. De toute évidence, ils sont à la recherche du *Lion*.

— S'ils nous découvrent maintenant, nous sommes perdus, constata l'Arkonide.

Rhodan prit sa tête entre ses mains pour réfléchir. Le fait que les Akonides aient mis le cap sur le système de Simban pouvait signifier qu'ils ignoraient la position exacte du *Lion*. Cela leur laissait du temps pour avancer les réparations. La situation deviendrait critique s'ils fouillaient le système avant que les Terraniens aient terminé la remise en état de leur croiseur.

— Monsieur, fit une voix qui interrompit le cours des pensées de Rhodan.

— Oui, lieutenant-colonel Tschato, répondit celui-ci.

— Tout à l'heure, dans la soute, une idée m'est venue à l'esprit, commença le Noir.

— Allez-y.

— Nous pourrions quitter le *Lion*.

— Quitter le *Lion* ? interrogea Rhodan. Vous voulez parler de la chaloupe ?

— C'est ça. Il nous serait possible de nous poser à son bord sur une planète du soleil Simban, sans être repérés. Nous transformerions le croiseur en une bombe qui sauterait à l'approche de l'ennemi.

— Il y a huit cents personnes sur le *Lion*, observa le Terranien. Comment voulez-vous placer tout ce monde dans une chaloupe ?

— Il faut que ça marche, répliqua Tschato. Nous n'avons pas d'autre moyen. Si nous ne parcourons pas une distance trop grande, nous pouvons réussir. Pas question, bien sûr, de quitter la zone orientale. Trouvons seulement une planète où nous réfugier.

— En effet, remarqua Atlan, mieux vaut être serrés un moment que de passer le reste de nos jours dans une geôle akonide.

Rhodan se laissa convaincre. Théoriquement, il n'était pas impossible d'entasser huit cents personnes à bord d'une chaloupe de soixante mètres de diamètre, mais seule la pratique révélerait si le plan du géant était réalisable. Il pensait cependant qu'il valait mieux tenter sa chance puisque, de toute façon, l'ennemi finirait par les repérer. L'espoir que les unités de reconnaissance rejoignent leur base, après avoir fait en vain des recherches dans le système de Simban, lui semblait chimérique.

— Si les Akonides apparaissent, déclara-t-il enfin, je ferai mienne votre proposition. En attendant, vous pouvez préparer l'appareil.

— À vos ordres ! répondit Tschato en quittant le poste central.

— Remarquable officier, commenta le Stellarque.

— C'est un Terranien typique, ajouta Atlan. Tant que vous produirez de tels individus, votre pouvoir pèsera d'un poids décisif dans la Galaxie.

— Plaise au Ciel que tu aies raison, murmura Rhodan, sombre. Pour l'instant, ce sont les Akonides qui mènent la danse…

Atlan sauta du coq à l'âne :

— La jeune femme aide les hommes à réparer le générateur central.

Le Terranien sut immédiatement qu'il parlait de Mory Abro. L'Arkonide manifestait peu d'intérêt pour les Terraniennes, mais il en allait autrement pour Mory. Rhodan en concevait une humeur qu'il n'osait s'avouer.

— Si nous sortons un jour de ce pétrin, je m'occuperai plus sérieusement d'elle, dit Atlan. Elle me fascine, d'une certaine manière.

Rhodan faillit laisser échapper une exclamation de dépit, mais il réussit à se maîtriser. Puis il sourit, en considérant le visage de son fidèle ami.

— Moi aussi, répliqua-t-il lentement, je pourrais avoir l'idée de m'occuper d'elle sérieusement. C'est une femme extraordinaire.

— Des hommes de nos âges devraient avoir d'autres problèmes, ironisa Atlan.

— Par exemple ceux posés par la présence d'une flotte akonide ! s'écria le Terranien en montrant l'écran de détection sur lequel des points clairs grossissaient à vue d'œil.

Lorsque Dan Picot rangea le chalumeau avec lequel il venait de découper la cloison de la soute, il était fermement décidé à ne plus jamais prendre part à un vol spatial de ce type. Malgré ses quarante ans, il en paraissait quinze de plus. Il souhaitait trouver un poste tranquille à bord d'une nef de transport de marchandises ou de passagers.

Il pensait avec colère que Tschato était la cause de tout le mal, car cet homme, qui arpentait son navire comme un fauve, prenait les missions spatiales pour des amusements. Picot était toujours plongé dans ces sombres réflexions quand le géant africain entra.

— Je constate avec satisfaction que les travaux de la soute sont terminés, dit-il gaiement.

— Oui, répondit le second.

— Il faut maintenant s'occuper du *Lion I*, Dan, ajouta le géant.

— Du *Lion I* ? répéta le premier officier, surpris.

— En effet, confirma le commandant. On signale une présence akonide dans le système de Simban. Ils sont probablement au courant de l'existence du *Lion* et n'en ont pas pour longtemps à arriver dans les parages. Nous devons donc prendre la fuite.

— Prendre la fuite ? interrogea Picot, stupéfait. Mais comment ?

Son regard glissa du *Lion I* vers Tschato : il comprit aussitôt le projet de son supérieur. Son irruption dans la soute et son ordre de préparer la chaloupe signifiaient seulement que Rhodan était au courant et qu'il approuvait.

— Oui, reprit l'Africain, il s'agit en fait d'y trouver de la place pour huit cents personnes. Tout ce qui n'est pas absolument indispensable doit disparaître.

Picot ne fit aucune remarque. Il se demanda cependant ce qui se passerait si les Akonides détectaient la chaloupe, dont une seule salve radiante aurait raison.

CHAPITRE VI

Ablebur avait oublié le Métys. Il ne bougeait pas de l'installation hypercom, car il attendait impatiemment des nouvelles en provenance des vaisseaux de reconnaissance. Jusqu'à présent, ils avaient ratissé le système de Simban sans trouver trace du croiseur qu'ils recherchaient. Il ne doutait pourtant pas des dépositions de Gwendolyn, étant donné l'infaillibilité de l'interrogatoire hypnotique. Il pouvait certes avoir commis une erreur, mais si le *Lion* ne se trouvait pas à l'intérieur du système, il n'en était sûrement pas très éloigné.

L'Akonide décida donc d'élargir les recherches à un périmètre de cent années-lumière, car il commençait à craindre que les travaux de remise en état mentionnés par le prisonnier soient terminés.

Enfin, le visage du commandant de l'escadrille apparut sur l'écran.

— Alors, où en êtes-vous ? demanda Ablebur.

— Nous les avons repérés ! s'écria Tenpas, enthousiaste. Après avoir fouillé en vain tout le système de Simban, j'ai divisé l'escadre en plusieurs groupes, avec pour mission à chacun d'élargir le champ des recherches dans les environs du système. J'espère que vous êtes d'accord ?

— Oui, oui, répondit Ablebur impatiemment. C'est l'ordre que j'aurais donné si vous n'y aviez pas pensé.

Tenpas respira, soulagé.

— Trois de nos vaisseaux ont détecté, il y a peu, le croiseur terranien, immobile dans l'espace. Nous nous en approchons en attendant vos instructions.

— Vous avez assez de temps, répondit Ablebur. Encerclez-les, puis adressez-leur un ultimatum. S'ils ne l'acceptent pas, envoyez des jets radiants pour les intimider, avant de vous emparer de Rhodan, Atlan et Reginald Bull *vivants*.

Il s'adossa, enfin détendu : il était désormais impossible aux Terraniens de prendre la fuite ; son triomphe était complet.

*
* *

Tout s'était passé si rapidement que Rhodan ne pouvait qu'admirer le sens de l'organisation de Tschato. En moins d'une demi-heure, tout l'équipage du *Lion* avait embarqué à bord de la chaloupe. Celle-ci fut expulsée à petite vitesse, tous boucliers d'énergie débranchés, à telle enseigne que même les détecteurs les plus sensibles n'auraient pu la repérer.

Rhodan s'était résolu à exécuter le plan de Nome Tschato, au moment où les navires akonides se dispersaient par groupes de dix, pour continuer leurs recherches aux alentours du système de Simban. Plusieurs d'entre eux se rapprochaient déjà dangereusement, si bien que la découverte de la chaloupe terranienne n'était plus qu'une question de temps.

Celle-ci, pleine comme un œuf, n'offrait à ses passagers d'autre possibilité que de rester debout. Le poste central était bondé, alors qu'Atlan, Tschato, Mory Abro et Rhodan se partageaient les places devant les appareils de détection. Le *Lion*, que les Akonides avaient sûrement repéré, n'avait pas encore complètement disparu. Le reste de l'escadrille ennemie venait de changer de direction, pour suivre les vaisseaux qui menaçaient à présent les Terraniens.

Rhodan supposait que leurs adversaires encercleraient le *Lion* avant d'attaquer, ce qui permettrait aux fuyards de s'éloigner. Il avait l'intention de regagner le système de Simban, après un détour, pour se poser sur l'une des planètes, de type non terrestre. Il pensait en effet que les Akonides fouilleraient toutes celles qui étaient pourvues d'une atmosphère d'oxygène. Les Terraniens attendraient ensuite que leurs ennemis s'en aillent et partiraient à la recherche d'un monde où les conditions de vie seraient plus favorables.

En tout état de cause, les Terraniens avaient pris la précaution de placer à l'intérieur du *Lion* une bombe arkonide à retardement, qui devait le transformer en un nuage atomique. Si l'ennemi réussissait à pénétrer à bord avant l'explosion, la vue de la soute vide l'éclairerait.

Rhodan jeta un œil aux écrans de contrôle. Ils s'étaient à présent suffisamment éloignés du croiseur pour prendre de la vitesse sans risque. Le pilote reçut l'ordre d'accélérer régulièrement, afin de passer rapidement en vol linéaire.

Presque au même moment, trente navires akonides arrivèrent à la hauteur du *Lion*.

***

Les projecteurs de la chaloupe étaient braqués sur le croiseur terranien, faisant ressortir tous les détails de son fuselage. Tenpas dut fermer les yeux pour ne pas être ébloui. Il dissimulait le tremblement de ses mains, en s'agrippant aux accoudoirs de son siège. Les Terraniens n'avaient réagi ni aux messages radio, ni aux salves de sommation. Voilà qui était bien étrange... L'appareil donnait l'impression de rester immobile, sans écran d'énergie. Tenpas avait résolu d'expulser dix chaloupes, tandis que les vaisseaux de reconnaissance qui encerclaient l'adversaire se tenaient prêts à l'attaque.

Malgré la supériorité dont disposait Tenpas, un désagréable sentiment d'insécurité l'envahit quand il se fut assez rapproché pour allumer les projecteurs. L'immobilité du croiseur l'inquiétait ; il imaginait que les Terraniens avaient mijoté un stratagème diabolique dont il n'avait aucune idée.

Lorsque l'ouverture béante du sas fut éclairée, il fit réduire la vitesse de la chaloupe.

— Pénétrez à l'intérieur ! ordonna-t-il au pilote.

Suivi de la flottille qui l'escortait, l'appareil se glissa à bord du croiseur, puis se posa dans la soute. En constatant que cette dernière était vide, il soupçonna que les Terraniens s'étaient enfuis. Il fit alors revêtir une combinaison à ses hommes, avant de quitter les canots. Son désarroi se trouvait à son comble : il aurait aimé prendre conseil auprès d'Ablebur, mais c'était pas possible pour l'instant.

Les générateurs ne devaient pas fonctionner, car le navire était plongé dans l'obscurité. Ils allumèrent donc leur lampe pour atteindre le puits anti-g. Tenpas saisit un outil qui traînait par là et le jeta par-dessus la balustrade. Il y tomba lourdement. La pesanteur artificielle subsistait ; une partie au moins des machines fonctionnait donc encore. Les Terraniens avaient-ils interrompu les travaux de remise en état ? Avaient-ils réellement pris la fuite ?

— Empruntons le couloir qui se trouve derrière le puits, décida l'Akonide.

Ainsi la petite troupe pénétra-t-elle dans le *Lion*, radiant au poing, sans rencontrer le moindre obstacle. Le calme fantomatique qui régnait à bord ne les rassura pas pour autant. La thèse de la fuite semblait donc se confirmer, mais le croiseur était vaste : il fallait le passer au peigne fin avant de prendre une décision. Tenpas donna les instructions nécessaires, tandis qu'il retournait à bord de son navire pour informer Ablebur des derniers développements de la situation.

De retour dans son poste central, il ressentit un agréable soulagement d'avoir quitté ce maudit croiseur, à bord duquel il avait eu l'impression de côtoyer la mort. Il appela Usuth. Avant qu'Ablebur réponde, une formidable déflagration transforma le *Lion* en une sphère de flammes nucléaires. Les quelques vaisseaux akonides qui s'étaient risqués dans les parages furent instantanément détruits.

La voix d'Ablebur retentit dans le haut-parleur.

— Que se passe-t-il, Tenpas ?

Personne ne remarqua le léger tressaillement qui parcourut le visage de Tschato lorsque les détecteurs du *Lion I* signalèrent l'explosion du navire porteur. Il donna l'impression de prendre la disparition de son vaisseau avec autant de calme que les hommes qui l'accompagnaient à bord de la chaloupe. Dan Picot, qui eût été le seul à percevoir sur les traits de son commandant les traces d'une émotion, rata cette occasion unique, car il se trouvait sur l'autre pont.

— Si les Akonides se demandaient encore ce que nous sommes devenus, remarqua Atlan, ils sont fixés à présent. Notre fuite ne doit plus faire aucun doute à leurs yeux. Évidemment, le fait que l'explosion ait détruit quelques-uns de leurs bâtiments va les retarder, parce qu'ils vont devoir récupérer les survivants et les épaves encore utilisables.

— Oui, mais n'oublions pas, objecta Rhodan, que la moitié seulement de leur flotte de reconnaissance s'était approchée de notre croiseur. Il leur en reste bien suffisamment pour nous trouver.

— C'est exact. Cependant nous avons une avance non négligeable, ajouta l'Africain, toujours optimiste.

Rhodan ne pouvait partager cette opinion, car il pensait que l'adversaire allait redoubler ses efforts. Cette explosion du *Lion* avait été pour lui une telle catastrophe qu'il songeait sûrement davantage à se venger qu'à faire prisonniers les Terraniens. En outre, les Akonides savaient parfaitement qu'une chaloupe surchargée ne pouvait effectuer un vol au long cours.

Le Stellarque se demandait donc sur quelle planète du système de Simban il convenait de se poser. Comme il fallait exclure Roost, il envisageait la troisième planète : cette gigantesque sphère, dépourvue de mouvement de rotation, possédait une atmosphère de méthane. Provisoirement, il devait être possible de s'y cacher dans la zone crépusculaire, entre la nuit et le jour éternels. Pendant ce temps, les Akonides pourraient toujours les chercher sur les planètes de type terrestre. Mais toutes ces actions n'étaient que des mesures dilatoires, car il n'y avait aucun espoir pour Rhodan et ses compagnons d'être découverts par des Terraniens. Il y faudrait en effet un hasard hautement improbable, étant donné que seuls les Bleus et les Akonides peuplaient ce secteur.

— Nous allons atterrir sur la troisième planète, annonça-t-il avec assurance.

— Une planète de méthane, dit Atlan. Nous n'avons que cent combinaisons. La plus grande partie de l'équipage devra demeurer à bord en permanence.

— Ceux qui craignent de devenir fous peuvent se les prêter, répliqua Rhodan. Quoi qu'il en soit, nous avons des provisions pour deux semaines. L'eau existe sous forme solide, il suffit de la purifier.

— As-tu pensé à l'appétit de Kasom ? demanda Bully, plein d'ironie.

— Qu'il se nourrisse de sa propre graisse ! lança le Stellarque.

Après avoir pénétré dans le système de Simban, le pilote fit revenir l'appareil dans l'espace normal. Il réapparut à soixante-dix mille kilomètres de son objectif. Aucun astronef n'était en vue. Rhodan s'essuya le front, comme s'il avait besoin de se libérer de quelque chose qui l'oppressait. Cette fuite incessante avait de quoi épuiser même un immortel.

CHAPITRE VII

Le 14 février 2329, lorsque Salter Migh, commandant du navire de commerce *Grey Star*, franchit la passerelle pour surveiller les grues qui déchargeaient son vaisseau, il se souvint du signal de détresse qu'il avait intercepté pendant son vol en direction de la colonie de Permit.

Âgé de soixante-deux ans, il avait passé quatre années en prison pour trafic de drogue. Depuis cette époque, il concevait à l'endroit de toute autorité une haine que rien ne venait apaiser. Perry Rhodan, qui incarnait ces lois au nom desquelles on l'avait arrêté, en était tout particulièrement l'objet.

Or, voilà que le *Grey Star* venait justement de capter le S.O.S. d'un certain capitaine Walt Heintmann qui, à bord d'une chaloupe, s'était aventuré dans la zone orientale de la Galaxie, jusqu'à la colonie de Permit.

Ignorant tout de la flotte de l'amiral Nayhar, qui avait eu connaissance du même signal, Salter Migh se croyait le seul à savoir où Rhodan se cachait à présent. Il avait totale confiance en son équipage, dont aucun des membres ne parlerait sans son accord. Tout laissait supposer que Heintmann avait effectué un atterrissage forcé, étant donné l'autonomie très limitée de l'appareil. Tenter une opération pour sauver Rhodan ne dépendait donc que de Migh.

Pendant le voyage, il avait résolu d'oublier le message hypercom, et de remettre sa décision à son arrivée sur Mars. Mais, debout sur la passerelle, il ignorait toujours ce qu'il allait faire. Il ne tarda pas à retourner à bord. L'équipage, pressé de profiter d'une journée de repos, était déjà parti. Seul Darb Oltresch traînait encore au poste central.

En voyant entrer le commandant, il retira prestement ses pieds déchaussés de la table de synthoplexy.

— Excusez-moi, balbutia-t-il.

— Nous devons détruire immédiatement l'installation hypercom du *Grey Star*, répondit vivement Migh, sans prêter attention à l'embarras de son subordonné.

Darb Oltresch n'avait pas l'habitude de poser des questions quand il recevait des ordres, mais cette fois, il ne put s'en empêcher.

— Détruire ? répéta-t-il, en écartant les bras, comme s'il voulait protéger les instruments.

— J'ai bien dit *détruire*, Darb !

Oltresch forma alors de ses deux mains une sphère imaginaire.

— Que souhaitez-vous ? Une bombe ? Un marteau ? Un coup de pied ? demanda-t-il.

— Il faut que ça ait l'air réel, expliqua Migh. Toute personne qui entre ici doit avoir l'impression que l'hypercom est en piteux état et que nous n'avons donc pas pu envoyer de message.

— Je comprends, concéda Oltresch sans conviction.

On doit croire que nous avons besoin d'un nouvel émetteur.

Migh hocha la tête affirmativement, avant d'enlever sa veste et de retrousser ses manches.

— Allons-y ! dit-il.

Darb, qui n'avait pas pris au sérieux le discours de son commandant, se jeta alors devant l'hypercom.

— Une si belle installation ! supplia-t-il. On ne peut vraiment pas faire autrement ?

— Je ne sais pas s'ils inspecteront le poste central quand je leur dirai que nous n'avons pas transmis le message à cause d'une panne de radio, mais je veux parer à toute éventualité.

Oltresch commençait à réaliser.

— Vous vous êtes décidé à diffuser la nouvelle concernant Rhodan ? demanda-t-il.

— Oui, grogna le commandant. Et peut-être qu'ils me jetteront à nouveau en prison pour ça.

Ils se mirent tous deux au travail. Au bout d'une heure, Salter Migh déclara avec satisfaction que cela suffisait, tandis qu'Oltresch s'extrayait avec peine d'un enchevêtrement de fils et de câbles.

— On ne réparera jamais ça, gémit-il. Nous aurons vraiment besoin d'une autre installation que personne ne nous paiera. Voilà donc le bénéfice de ce vol parti en fumée.

Le commandant l'abandonna à ses sombres réflexions, pour se rendre au siège de la compagnie. Lorsqu'il arriva, il eut un moment d'hésitation avant d'entrer. Dans le hall, ses pieds s'enfoncèrent dans l'épaisse moquette, alors que la musique douce le rendait nerveux au lieu de l'apaiser. Il monta par l'ascenseur au premier étage, où un tapis roulant l'emmena devant la porte qui se trouvait au fond du couloir. Il frappa, mais personne ne répondit. Une minute plus tard, il entendit quelqu'un ouvrir un judas.

— Laissez-moi entrer ! cria-t-il avec impatience.

— Impossible ! répondit une voix. Ici c'est...

— Je sais parfaitement ce que c'est ! hurla-t-il. La station radio. Je suis Salter Migh, commandant du *Grey Star*. Je possède une importante information au sujet de Perry Rhodan, que je veux diffuser en direction de la Terre. Ça vous suffit ?

Aussitôt la porte s'ouvrit. Migh se trouva face à une jolie fille souriante, devant laquelle il passa en trombe, en se précipitant dans la pièce où des hommes et des femmes étaient au travail devant des appareils hypercom.

— Que désirez-vous, Monsieur ? lui demanda poliment un individu qui s'était avancé vers lui. Migh lui expliqua la raison de sa présence.

— C'est bien, dit le fonctionnaire. Je vais faire transmettre la nouvelle à la Terre, mais je décline toute responsabilité.

Quand ce fut chose faite, Migh quitta les lieux.

*
**

— D'accord, murmura Tifflor. Oui, j'ai compris.

Le maréchal solaire interrompit la communication avant de regarder l'amiral Tenstan, assis en face de lui.

— Eh bien, qu'en pensez-vous, amiral ?

Tenstan avait plus de trois cents navires sous ses ordres.

— Je ne sais pas, répondit-il, mal assuré. C'est toujours une piste. Cependant, après un rapide examen du personnage de Salter Migh, on peut se poser quelques questions. Que ferons-nous, par exemple, s'il est animé d'un désir de vengeance ou s'il cherche à nous tromper ?

— J'y ai déjà songé, admit Tifflor. Le *Grey Star* sera retenu sur Mars jusqu'à ce que des spécialistes aient interrogé le commandant. Mais le temps presse. Je vais donc appareiller à la tête d'une armada de six cents vaisseaux pour le secteur qu'il nous a indiqué.

— Voilà une bonne résolution, dit Tenstan.

— Je l'espère, grommela le maréchal. J'aimerais bien savoir ce qu'est devenu ce capitaine Heintmann qui a émis le message.

— L'histoire de l'installation hypercom de Migh, dont seul le récepteur fonctionne encore, me paraît plus étrange.

Tifflor savait que beaucoup d'éléments demeuraient obscurs, mais il ne voulait pas retarder son départ. Il se trouva rapidement à bord du croiseur *Thora*, qui mit le cap sur le secteur oriental de la Galaxie.

CHAPITRE VIII

Ablebur sursauta quand l'image de Tenpas s'estompa. Un bref coup d'œil lui apprit que la panne venait de l'installation qui équipait le navire de son interlocuteur.

— Que se passe-t-il, Tenpas ? interrogea-t-il angoissé.

Pour la première fois, il eut l'impression de perdre le contrôle des événements. Il manipula désespérément les commandes, puis le visage décomposé de Tenpas finit par reparaître sur l'écran.

— Alors ? demanda Ablebur nerveusement.

— Le *Lion* a sauté, répondit-il d'une voix blanche. Douze de nos vaisseaux ont été détruits avec lui.

Les questions se bousculèrent dans le cerveau d'Ablebur. Ces Terraniens étaient-ils devenus fous ? L'équipage, se voyant acculé à une situation sans issue, s'était-il suicidé ? Ressemblait-il donc à ce petit major qui avait provoqué un arrêt de son propre cœur pour ne pas trahir Rhodan ?

Un sentiment de superstition que Tan-Pertrec lui avait communiqué se réveilla en lui. Il essaya de le refouler, tout en sachant qu'il ne réussirait pas à s'en défaire.

— Je ne crois pas que quiconque fût encore présent à bord, continua Tenpas. Nous avons eu le temps de constater que l'un des ponts était désert, ainsi que la soute, où plus aucune chaloupe ne restait stationnée. Ils ont vraisemblablement pris la fuite.

Cette explication soulagea Ablebur.

— Ils ne peuvent pas aller bien loin avec une chaloupe, déclara-t-il. Ils vont sûrement tenter de se poser sur une planète du système de Simban. Retournez là-bas avec ce qui vous reste de croiseurs. Je vous envoie cent unités en renfort. Il faut dénicher Rhodan coûte que coûte.

L'entretien était terminé. Ablebur s'affaissa dans son fauteuil, ferma ses yeux fatigués par une nuit blanche. Lorsqu'il les rouvrit, le Métys volait entre lui et l'installation hypercom. Une lueur bleutée en émanait, qui semblait entourer l'Akonide. Il poussa un cri.

— Monsieur ! appela une voix inquiète depuis le couloir.

Ablebur tourna la tête et aperçut l'un de ses collaborateurs debout dans l'embrasure de la porte, en train de l'observer.

— Le… Métys…, réussit-il à articuler.

Mais lorsqu'il dirigea son regard vers l'endroit où il avait vu l'animal, celui-ci avait disparu.

« J'ai des hallucinations », pensa-t-il avec effroi.

Il se leva, afin d'aller fouiller à nouveau son appartement privé, mais n'y trouva rien. Quand il revint, le subordonné, dont la peur était manifeste, n'avait pas bougé. En apercevant son supérieur, ce dernier alla s'asseoir tandis qu'Ablebur regagnait sa place devant l'hypercom, où il ne tarda pas à sombrer dans un sommeil tourmenté de mauvais rêves.

*
* *

De la neige d'ammoniaque se mit à tourbillonner dans l'air lorsque Dan Picot et Tschato descendirent la pente. Les cristaux étincelaient dans le faisceau de la lampe que l'Africain tenait à la main. Le premier officier entendit sa voix retentir dans le haut-parleur de son casque :

— Allô, Dan ?

Picot s'arrêta, étonné.

— Comment savez-vous que c'est moi ? demanda-t-il.

Le géant ricana doucement.

— Ne m'en veuillez pas ! Vos jambes arquées se remarquent même dans la combinaison.

— Je ne suis pas là pour que vous admiriez mes jambes, déclara Picot avec humeur. Je tiens à vous faire observer que la fille a quitté la chaloupe. Elle se promène ici comme dans un parc.

— Et alors ? répliqua Tschato.

Ne trouvant pas de réponse, Dan dut étouffer sa colère.

Le *Lion* avait atterri trois jours plus tôt sur la troisième planète du système de Simban. Grâce aux appareils de détection, on savait que les Akonides avaient refait leur apparition dans le secteur et poursuivaient leurs recherches sur les planètes à atmosphère d'oxygène.

Dan Picot se réjouit quand Lenoir lui passa sa combinaison, car l'exiguïté de la chaloupe lui devenait extrêmement pénible. De telles conditions transformaient une balade sur une planète de méthane en véritable détente.

— Elle n'est sûrement pas partie pour refaire nos provisions d'eau, dit-il.

— Nous sommes tous contents de pouvoir nous évader un peu du *Lion I*, rappela Tschato. Pourquoi voulez-vous qu'il en aille autrement pour elle ?

— Peut-être, mais c'est dangereux, ici, pour une femme. Il y a des crevasses partout, dissimulées sous la neige d'ammoniaque.

— J'imagine que tout le monde lui court après pour la protéger, remarqua Tschato avec malice.

— Vous vous trompez, répliqua le premier officier, je suis le seul à l'avoir vue quitter le bord.

Ils se querellaient encore, lorsqu'ils distinguèrent une silhouette dans la pénombre. Ils reconnurent vite Rhodan.

— Une mauvaise ambiance règne au sein de l'équipage ; les hommes manquent d'espace, leur dit celui-ci. Des incidents regrettables se sont produits. On a voulu pénétrer dans la cabine de Mory Abro, soi-disant par erreur. Les trois individus désiraient en réalité jouir d'une pièce pour eux tout seuls.

— Les combinaisons sont échangées à intervalles réguliers, de sorte que chacun peut se dépenser physiquement à l'extérieur, objecta Tschato.

— C'est exact, admit Rhodan, mais cela aussi a suscité des conflits, une partie des hommes reprochant à l'autre de les porter trop longtemps. Si ça continue, il y aura bientôt des bagarres.

— Vous êtes trop pessimiste. Je connais mes gars : ils ont l'expérience de situations plus critiques que celle-ci.

— La raison d'un tel comportement est facile à

deviner, reprit Rhodan. Ils jugent inutiles de séjourner passivement ici, car ils pensent que nous n'échapperons pas aux Akonides. Ils préféreraient mourir au combat plutôt que de supporter plus longtemps cet entassement.

— Eh bien, pourquoi ne leur promet-on pas une bataille ? suggéra le géant.

— Ça ne suffit pas, il faut proposer une occupation immédiate.

— Vous avez une idée ?

— On va leur inventer un ennemi, expliqua Rhodan. Nous leur raconterons que des êtres hostiles peuplent la planète, puis on simulera une attaque.

— Combien de temps cela va-t-il durer ? interrogea le commandant.

— Deux, peut-être trois jours. Qui sait ? Évidemment, quand ils se rendront compte que le péril est négligeable, la question de l'exiguïté du *Lion I* les occupera de nouveau. Mais on peut espérer que, d'ici là, notre adversaire se sera replié et que nous pourrons quitter les lieux.

— Eh bien, d'accord, concéda Tschato sans conviction. Si vous estimez que ça sera efficace.

— Rebranchez-vous sur la longueur d'onde générale, ordonna Rhodan. Nous allons crier au secours, parce que nous sommes agressés par des créatures qui se gonflent pour atteindre la taille des humains.

— Je les vois déjà accourir de toutes parts, ajouta le commandant.

Ils se mirent à sauter et à hurler comme des fous dans la neige d'ammoniaque. Les hommes d'équipage ne tardèrent pas à se précipiter, comme s'ils avaient attendu l'événement.

***

Sur Usuth, trois jours et trois nuits venaient de s'écouler. Ablebur, sous l'effet d'un sédatif, les avait passés à sommeiller. Il retournait à présent dans son Palais de Verre, sachant qu'il n'y trouverait pas de nouvelles en provenance du système de Simban, vu qu'on ne l'avait pas réveillé.

La flotte de Tenpas en avait ratissé toutes les planètes de type terrestre, sans découvrir la moindre trace des fugitifs. L'Akonide commençait à redouter qu'ils se soient risqués à bord d'une ou plusieurs navettes vers le Centre de la Galaxie. Une entreprise aussi insensée était en effet concevable de la part des habitants du Système Solaire, ces fous ! Cependant, Ablebur avait pris le parti de tenter l'impossible pour mettre la main sur les fugitifs. Le fait que personne ne se trouvât sur les planètes à atmosphère d'oxygène signifiait qu'ils s'étaient réfugiés sur un autre monde, en attendant le départ de leurs assaillants.

Quand Ablebur entra dans le Palais de Verre, il faisait à peine jour. Il toussa, car un courant d'air lui projeta du sable au visage. Il aperçut de dos l'un de ses collaborateurs, qui n'avait pas quitté l'hypercom : son immobilité absolue le frappa. Le croyant tout d'abord endormi, il s'approcha en lui intimant l'ordre de s'éveiller, mais Lorter ne réagit pas. Ablebur remarqua alors qu'il était bizarrement assis et, soupçonnant subitement le pire, il tapa des doigts contre le dossier du fauteuil qui pivota : l'homme, dont les traits étaient ravagés par la panique, ne vivait plus.

L'épouvante pétrifia Ablebur. Son premier désir fut la fuite, mais il se maîtrisa ; Lorter n'était pas mort naturellement. Il tendit la main pour toucher le cadavre ; mais, sous ses doigts, les vêtements se transformèrent en une cendre qui voltigea doucement jusqu'au sol. L'aspirateur automatique qui équipait la pièce se mit aussitôt en marche, absorbant tout ce que le cadavre avait sur le corps. Ablebur observa la scène, comme hypnotisé.

« Encore un mort », songea-t-il.

Il semblait qu'une malédiction se fût abattue sur lui : Tan-Pertrec, le petit major, Gwendolyn, l'officier terranien et à présent Lorter. Il appela l'infirmerie.

— Envoyez une ambulance avec quelques hommes, dit-il dans le micro, et préparez tout pour une autopsie.

Convaincu qu'il était possible de tout expliquer de façon rationnelle, il refusait de croire à une suite d'événements surnaturels. À n'en pas douter, les médecins ne tarderaient pas à trouver les causes du décès de son subordonné. Soudain, la pensée du Métys se présenta de nouveau à lui : y avait-il un rapport entre sa disparition et la fin de Lorter ? La brève vision de la précieuse créature avait-elle été une hallucination ?

Ne supportant plus la solitude, il sortit sur la terrasse pour guetter l'arrivée des secours. Quelques minutes plus tard, une voiture s'arrêta devant la porte ; quatre individus en descendirent. Tandis qu'on évacuait le corps, Ablebur s'installait à l'hypercom pour prendre contact avec Tenpas.

— J'ai essayé de vous joindre, annonça celui-ci, mais ça ne répondait pas.

— Oui, répliqua Ablebur, laconique.

Il estima inutile d'alarmer son interlocuteur en lui narrant ce qui venait de se passer.

— Nous n'avançons pas, continua Tenpas. Aucune

trace des Terraniens. Devons-nous retourner dans le système d'Usuthan ?

— Non, décida sèchement le chef akonide. Je suppose qu'ils se dissimulent sur une autre planète, en attendant que nous abandonnions les recherches. Fouillez-les donc toutes, à commencer par la troisième.

*
* *

Le 18 février 2329, ce qui restait de la flotte de l'amiral Role Nayhar pénétra dans le système de Simban. La fatigue et le désespoir minaient les équipages, au point qu'ils ne s'inquiétaient pas des quelque deux cents unités ennemies qui recherchaient à présent Perry Rhodan et ses compagnons.

À bord de l'*Alora*, on avait détecté l'explosion du *Lion*, et Nayhar se demandait comment il allait pouvoir gêner les Akonides avec sa petite escadre délabrée. La flotte ennemie s'intéressait à la troisième planète, dont l'atmosphère était composée de méthane.

— On va essayer de les détourner, indiqua l'amiral au micro de la radio qui le reliait aux vaisseaux dont il avait la charge. Vu l'état de notre matériel, je n'espère pas de miracle et n'attends pas de vous des actes inconsidérés. Par conséquent, nous ne les attaquerons pas. Nous nous approcherons seulement, afin qu'ils croient à une agression. Quand nous les aurons suffisamment asticotés, nous nous replierons, pour recommencer un peu plus tard.

Les trente-trois astronefs pénétrèrent dans le système de Simban, tandis que Nayhar observait les mouvements de l'adversaire sur les écrans. Ce qu'il constata ne l'engagea pas à l'optimisme : la flotte akonide commençait à atterrir. Si véritablement le *Lion I* s'était réfugié là, il n'y avait plus guère de chances que ses occupants échappent à leurs poursuivants.

Nayhar donna l'ordre d'exécuter la manœuvre. Les Akonides les repérèrent immédiatement, mais n'entreprirent rien contre eux.

— Ils ne nous prennent pas au sérieux ! s'écria rageusement Role. Ça ne va pas durer ! Non mais !...

« Formation de combat ! » commanda-t-il.

— On ne peut pas prendre un tel risque ! hurla le major Purgat.

Nayhar fit la sourde oreille.

— Nous allons montrer à ces bandits de quel bois se chauffent les croiseurs de l'O.M.U., continua-t-il. Cap sur la planète ! Séparez-vous en deux groupes quand nous en serons suffisamment proches.

— Ils vont nous tirer comme des lapins, gémit Purgat.

— Exécution ! rugit Nayhar, avec obstination.

Le major jeta un coup d'œil dépité à l'indicateur de vitesse. L'*Alora* accéléra de toute la puissance de ses réacteurs, imité par le reste de l'escadre, qui avait un certain mal à le suivre en raison des dégâts provoqués par les précédents affrontements. Quand elle arriva à trois cent mille kilomètres de son objectif, l'ennemi manifesta un certain désarroi : quelques vaisseaux changèrent de cap, tandis que d'autres quittaient précipitamment leur orbite d'attente.

L'éparpillement de ce qui restait de l'escadre eut lieu sans encombre à cent mille kilomètres de la planète.

— Parfait, fit Nayhar, satisfait. Maintenant, il faut trouver autre chose.

Il sentait bien, en effet, qu'on n'abuserait pas une deuxième fois les Akonides. Et Perry Rhodan se trouvait toujours quelque part dans l'atmosphère de méthane de la planète géante, à la merci de l'ennemi.

*
* *

Pendant qu'une centaine d'hommes cherchaient un ennemi introuvable dans un étrange paysage torturé, les détecteurs du *Lion I* enregistraient l'approche des navires akonides. Les mulots et Lenoir avaient depuis longtemps averti le Stellarque du danger imminent.

— Nous sommes fichus, dit Bully.

— La chaloupe se trouve dans une vallée très encaissée, observa Atlan. Peut-être abandonneront-ils les recherches avant de nous avoir trouvés...

Machines arrêtées, écrans débranchés, la chaloupe n'était plus repérable qu'à l'œil nu et il était peu vraisemblable qu'un vaisseau ennemi vienne survoler cette région inhospitalière d'un monde qui n'était de toute évidence pas fait pour l'homme.

— Les détecteurs de masse nous trouveront, dit Tschato. Il faut rappeler les hommes à bord, et leur expliquer qu'ils pourchassent un fantôme...

Depuis deux jours, l'équipage passait le plus clair de son temps à rechercher les créatures énigmatiques qui étaient censées avoir attaqué Rhodan, Tschato et Picot. Ils n'avaient naturellement rien trouvé. Mais cette battue, qui constituait un excellent dérivatif, était à présent inutile ; il fallait dire toute la vérité car l'ennemi qui approchait était, cette fois, bien réel.

— Nous pourrions tenter de décoller en catastrophe, suggéra Bully. Cette manœuvre les surprendrait et...

— Et après ? coupa Rhodan. Non. Il faut attendre ici. Quelqu'un a une autre idée ?

Nul ne put faire de meilleure proposition. Le *Lion I* était mal équipé pour combattre et manquait de rapidité pour tenter de quitter sans risque le système de Simban.

Ils observèrent donc, impuissants, les vaisseaux ennemis pénétrer dans l'atmosphère de la troisième planète, puis se diriger vers la zone crépusculaire qui séparait la face éclairée du côté obscur.

— Ils savent où nous chercher, remarqua Rhodan, amer.

En moins d'une heure, tous les hommes furent de retour à bord. Pour la première fois, les combinaisons furent remises au placard, et nul n'eut l'idée de se plaindre de l'exiguïté de la chaloupe. Le premier survol de la vallée par un bâtiment akonide fut un moment pénible. Mais la nef s'éloigna sans avoir repéré la chaloupe.

Soudain, les vaisseaux ennemis se retirèrent avec un parfait ensemble, comme s'ils venaient de recevoir un ordre de rappel.

— Ils laissent tomber ! s'écria Bully.

— Ils vont peut-être revenir, fit Rhodan, désireux de tempérer la joie prématurée de son vieux compagnon.

Trois heures plus tard, les navires réapparurent. Bully jura entre ses dents. L'ambiance redevint tendue, la peur tangible.

Les fugitifs ne pouvaient rien faire d'autre que suivre les événements sur les écrans. L'adversaire avait changé de méthode, dix unités orbitaient à une altitude de cinquante kilomètres, contrôlant du haut des airs l'ensemble de la zone crépusculaire. La vallée avait cessé d'être un endroit sûr. Tous étaient convaincus de vivre leurs derniers instants de liberté.

— Tu crois qu'il va falloir se battre ? demanda Atlan, qui ne perdait jamais son sang-froid, quelles que fussent les circonstances.

Rhodan secoua la tête.

— Non. Pas d'effusion de sang inutile. Nous nous rendrons dès qu'ils se poseront.

Mais l'adversaire n'atterrit pas. Au contraire l'escadrille se dispersa et disparut dans l'espace comme si elle avait le Diable à ses trousses.

— Je n'y comprends plus rien, maugréa Bully. À quel jeu jouent-ils donc ?

Rhodan n'en avait pas la moindre idée. L'attente se poursuivit, éprouvante pour les nerfs de l'équipage. L'ambiance ne tarda pas à se dégrader dangereusement. Des protestations et des critiques commencèrent à fuser, toutes dirigées contre le Stellarque. Dans le poste central, chacun était conscient de la gravité de la situation, mais il était malheureusement impossible d'accomplir quoi que ce fût.

Attendre... Toujours attendre... Et, au bout de cette attente, la liberté, la captivité ou la mort...

CHAPITRE IX

Ablebur sursauta en entendant le bip. Quand il aperçut sur l'écran le visage dépité de Tenpas, il comprit immédiatement que les nouvelles étaient mauvaises.

— Nous avons arrêté les recherches, annonça celui-ci. Impossible de retrouver ces satanés Terraniens.

— Mais vous n'avez même pas fini de fouiller la troisième planète ! s'écria Ablebur.

— Il s'est passé quelque chose, reprit Tenpas.

— Vous voulez parler de cette ridicule flottille qui a réussi à s'enfuir ?

Tenpas eut un sourire ; manifestement son supérieur n'était pas informé.

— Flottille ? répéta-t-il. Au moins six cents navires font route en direction du système de Simban. Nous avons capté et interprété leurs signaux ; ils savent où se cache Perry Rhodan.

Pour l'Akonide, le choc fut si fort qu'il perdit le fil du récit de Tenpas. Six cents vaisseaux terraniens... cela signifiait la fin prochaine de la base, car sa flotte ne pourrait pas les arrêter.

— Vous êtes certain du cap ? articula-t-il avec peine.

— Aucun doute, répondit Tenpas avec assurance.

— Repliez-vous immédiatement dans le système d'Usuthan, ordonna Ablebur. Laissez tomber les Terraniens pour l'instant. Rejoignez l'escadre de Troat ; il faut en priorité défendre la station.

— Il n'en est pas question, annonça Tenpas. J'ai décidé de déserter.

Ablebur devint livide.

— Vous n'oserez pas, Tenpas ! dit-il d'une voix blanche.

— Si, reprit l'astronaute. Vous savez exactement ce qui va se passer. L'Empire va nous déclarer la guerre et détruire notre base. Le Conseil de Régence appréciera que mon escadre en revienne et sera sûrement très intéressé d'apprendre où votre comportement vous a conduit. C'est donc avec reconnaissance qu'on m'accueillera dans le Système Bleu.

— Je vais envoyer au Grand Conseil un courrier qui racontera votre trahison. Vous serez exécuté, Tenpas.

— Réfléchissez un peu, commandant ! Nous pouvons à tous moments intercepter votre estafette. Cet imbécile de Troat donnera sa vie pour préserver la station, mais en vain !

En vain ! En vain ! Ces deux mots résonnèrent aux oreilles d'Ablebur, longtemps après qu'il eût coupé l'intercom. La félonie de Tenpas ne leur laissait plus aucune chance d'échapper aux Terraniens. Il se rendit compte que la prophétie du commandant bleu était en train de se réaliser. Même mort, Tan-Pertrec triomphait encore.

Ablebur se calma néanmoins pour appeler Troat et le mettre au courant. Il lui ordonna de former un anneau défensif autour d'Usuth, sans souffler mot de la supériorité numérique de l'escadre ennemie. Il voulait en effet éviter de la part de Troat une réaction identique à celle de Tenpas.

— Il faudrait demander le renfort des Tentras, proposa Troat.

— Après la défaite dans le système de Simban, les Bleus n'auront pas envie d'engager un combat contre les Terraniens, répondit Ablebur. Mais je vais quand même contacter les Tentras.

En fait, il n'avait dit cela que pour rassurer Troat, car, depuis la mort dramatique de Tan-Pertrec, il ne croyait plus les Bleus prêts à risquer un seul navire pour aider les Akonides.

Les Terraniens n'étaient d'ailleurs pas son unique souci. L'autopsie du cadavre de Lorter avait révélé que le gardien avait succombé à un rayonnement inconnu. En outre, les recherches effectuées afin de retrouver le Métys étaient demeurées vaines et les scientifiques affirmaient que sa disparition n'avait aucun rapport avec cette affaire.

Troat rappela quelques minutes plus tard, annonçant que sa flotte avait repéré l'armada terranienne.

— Il s'agit de six cents vaisseaux, dit-il, la gorge nouée par l'angoisse. Leur armement dépasse le nôtre. Je ne vois pas comment nous pourrions les arrêter.

Ablebur était de cet avis, mais il jugea inopportun de démoraliser son subordonné.

— Il ne faut pas nous laisser intimider, décida-t-il fermement. Nous ne savons pas encore s'ils ont l'intention de pénétrer dans le système d'Usuthan. Ils vont peut-être se contenter de récupérer l'équipage du croiseur qui s'était réfugié dans le système de Simban.

— Ne vous fiez pas aux apparences, reprit Troat. Les installations défensives d'Usuth doivent se tenir prêtes à toute éventualité.

— J'ai donné les instructions nécessaires, conclut Ablebur.

Il demanda qu'on le laisse seul, puis s'approcha de la fenêtre, afin de contempler le désert. Il avait souvent imaginé que le sable recouvrirait un jour la station, mais il n'avait jamais cru que ce cauchemar pût devenir réalité.

L'amiral Role Nayhar ne croyait pas une seule seconde que les vaisseaux akonides fuiraient devant sa flotte. C'est pourtant ce qui se produisit. Quelle pouvait en être la raison ?

— Qu'en dites-vous, major ? demanda-t-il au premier officier de l'*Alora*.

Les lèvres serrées, Purgat garda les yeux fixés sur les écrans, sans répondre. Il s'attendait à tout instant au retour des Akonides. Leur perplexité ne dura pas longtemps, car l'*Alora* capta un message radio, émis par une flotte qui s'approchait.

— Tifflor ! s'écria Nayhar. À la tête de six cents navires !

Il envoya vite une réponse en direction des Terraniens. Quand les croiseurs de l'Empire pénétrèrent dans le système de Simban, les Akonides avaient disparu. Nayhar rapporta les événements à Tifflor. Peu après, un appel court et précis leur parvint, en provenance de la troisième planète :

IL EST TEMPS DE VENIR NOUS CHERCHER. KASOM N'A PLUS RIEN À MANGER.

CHAPITRE X

Le 20 février 2329, Tifflor déclara la guerre aux Akonides. Il les accusait de haute trahison, d'agression perpétrée contre des unités terraniennes et de trafic d'armes. Au nom du Stellarque de l'Empire Uni, il exigeait qu'ils rendent leur base.

Ces événements se produisirent avant qu'on aille chercher le *Lion I*. Tifflor donna aux Akonides une heure de réflexion, le temps de recueillir Rhodan et ses compagnons à bord du *Thora*. Une fois cette opération terminée, l'ennemi diffusa un bref message, dans lequel il refusait l'ultimatum. La flotte de Tifflor, à présent commandée par Rhodan, plongea dans l'entr'espace et mit le cap sur le système d'Usuthan.

Elle y pénétra en rangs serrés, tandis que Rhodan, Tifflor et Atlan observaient leurs adversaires depuis le navire amiral.

— Ils sont groupés dans le secteur de la troisième planète, constata Tifflor. Ils y ont donc établi leur quartier général. Leurs navires sont aussi nombreux que les nôtres.

— Tu es inquiet ? demanda Rhodan en souriant.

— Pas du tout, mais je pensais que vous pourriez vous reposer. Vous ne devriez pas participer tout de suite à une bataille spatiale.

— Vous savez que je déteste la violence, reprit Rhodan. Mais si nous n'arrêtons pas les Akonides, ils deviendront les fossoyeurs de la Galaxie.

Avant de donner l'ordre d'attaquer, il envoya un nouvel ultimatum. La réponse demeura identique.

Les croiseurs terraniens entrèrent dans le champ de gravité d'Usuth, puis entamèrent les hostilités. La flotte de Troat se battit avec l'énergie du désespoir, sans réussir à leur résister.

Au bout d'une heure, l'astronaute prit contact avec Ablebur, pour l'informer qu'il subissait d'énormes pertes et ne pourrait pas tenir Usuth longtemps. Peu après, les unités de Tifflor pénétrèrent dans l'atmosphère, faisant sauter les lignes de défense akonides qui se dispersèrent dans une grande confusion.

La prophétie de Tan-Pertrec s'était réalisée.

La déflagration qui détruisit les premières installations secoua le Palais de Verre. Les uns après les autres, on tirait des missiles en direction de la flotte terranienne, alors que le chef akonide avait cessé de donner des ordres aux différents responsables. Des vaisseaux que commandait Troat, il ne restait plus qu'une armada d'épaves qui tournaient en orbite autour d'Usuth. En réalité, l'ensemble de la flotte akonide était hors de combat. L'astronaute lui-même était tombé peu après son dernier entretien avec Ablebur, qui contemplait avec effroi le ciel chargé de fumée. Au milieu d'innombrables foyers d'incendie, ce n'étaient que hurlements de sirènes, va-et-vient de véhicules de sauvetage...

Brusquement, il distingua la silhouette d'un gigantesque vaisseau sphérique, qui alla se poser à cinquante kilomètres de là. Des troupes terraniennes avaient été lâchées dans les airs et planaient lentement vers le sol.

Puis tout se calma, la fréquence des explosions diminua. Un bourdonnement mécanique fit sursauter Ablebur, mais ce n'était que l'aspirateur automatique qui venait de se déclencher. Sur la terrasse, les jets d'eau avaient cessé de fonctionner, à cause de la rupture d'une canalisation.

Plus aucun Akonide ne se risquait à défendre le territoire. Ils s'étaient réfugiés dans leurs bunkers souterrains, d'où les Terraniens ne tarderaient pas à les déloger.

— Rien à faire, murmura Ablebur quand les premiers soldats foulèrent le sol de la planète.

Il eut le sentiment d'une véritable profanation. Un bruit le fit sursauter : la climatisation venait de s'arrêter. Quand il se retourna, il aperçut le Métys qui sortait d'une bouche d'aération. Il voltigeait lentement vers le milieu de la pièce. Ablebur se précipita à son bureau, saisit le radiant qui s'y trouvait et tira. Ayant raté sa cible, il recommença, l'atteignit cette fois, mais le Métys demeurait suspendu dans les airs.

Pris de panique, le chef akonide se rua vers la sortie, mais l'étrange créature se mit en travers de la porte. Il fit de nouveau feu, mais ne toucha qu'une vitre qui vola en éclats, laissant s'engouffrer une odeur fétide. Découragé, il retourna à son fauteuil, dans lequel il s'effondra. Il se sentait si épuisé que des cercles multicolores dansaient devant ses yeux. Après une brève hésitation, le Métys s'approcha de lui, puis se posa sur la table. Pétrifié, Ablebur le regarda s'ouvrir, librement cette fois, sans qu'il y ait besoin d'introduire une aiguille dans les fentes de sa carapace. Il ne tarda pas à apercevoir la pierre, d'un bleu intense, plus resplendissante que jamais. Il se pencha pour la saisir, mais ne termina pas son geste.

Soudain, la lumière émise par le bijou devint plus intense ; Ablebur cligna des yeux, l'expression de son visage se transforma en une grimace hideuse ; la main qu'il avait tendue fut changée en une griffe crispée... Il retomba contre le dossier de son siège. Sous l'effet du choc, ses vêtements se volatilisèrent en flocons de cendre, qui se mirent à voltiger dans toutes les directions.

Le Métys se referma, puis sortit par la vitre que le coup de feu avait détruite. Après avoir survolé le bâtiment, il se dirigea vers le désert, où il se posa sans tarder. Il tenta de s'ouvrir, mais le sable le recouvrit vite.

Non loin de là, Ablebur gisait, nu, dans son Palais de Verre.

Rhodan, puis Atlan se posèrent sur l'espace encore disponible de l'astroport. Partout, des soldats terraniens débusquaient les Akonides. Sept croiseurs géants planaient au-dessus de la base, tandis que les fumées se dissipaient peu à peu.

— Ils ont construit une station extraordinaire, observa Atlan, admiratif. C'est d'ici qu'ils livraient les armes aux Bleus, afin qu'ils s'entre-tuent ou qu'ils nous agressent, et d'ici aussi qu'ils formaient le projet de prendre le contrôle du secteur oriental de la Galaxie. S'ils avaient réussi, ils auraient accompli le premier pas vers une mise en coupe réglée de l'ensemble de la Voie Lactée.

— Heureusement, ils ne sont pas allés jusque-là, répondit Rhodan.

Ils s'approchèrent côte à côte du bâtiment vitré, qui était intact. Là-bas devait se trouver le Q.G. du chef des Akonides. Les robots de combats du *Thora* cernaient déjà l'immeuble, mais aucun soldat ennemi ne se montrait.

Quand l'Arkonide et le Terranien entrèrent, ils aperçurent immédiatement un cadavre dépouillé de ses vêtements, derrière une table métallique. Ils échangèrent un regard interrogateur.

— Suicide ? demanda Atlan.

Rhodan haussa les épaules. Qui aurait pu le déterminer à l'heure qu'il était ?

En examinant le corps, ils virent un radiant au sol, à côté du siège. Rhodan se baissa, pour tenter d'y découvrir un indice.

— Cette arme a été utilisée il y a peu de temps, expliqua-t-il. Mais, manifestement, il ne s'est pas tiré dessus : le corps ne porte aucune trace de brûlure.

Ils trouvèrent peu après la vitre que le rayon avait fracassée. On avait vraisemblablement fait feu depuis l'intérieur de la pièce. Mais sur qui, ou sur quoi ?

Ils allèrent fouiller la pièce attenante, dans laquelle ils avisèrent une cassette remplie de pierres brillantes.

— Des bijoux, dit Atlan. On va les distribuer aux membres de l'équipage du *Lion*. Ils l'ont bien mérité.

Gravé dans le couvercle, ils purent lire : ABLEBUR. Ils vidèrent l'écrin dans leurs poches et quittèrent les lieux. Sur la terrasse, ils remarquèrent que le sable envahissait déjà la base.

En regardant les astronefs terraniens, Rhodan ressentit une immense gratitude à l'égard de tous ces hommes qui, ces dernières semaines, avaient pris tant de risques pour le sauver. Cette errance insupportable se terminait enfin.

**
**

Le lieutenant-colonel Nome Tschato ferma la porte de la cabine en jetant un œil indifférent à Dan Picot, allongé sur la couchette inférieure.

— Quel effet ça vous fait d'être passager ? lui demanda-t-il.

— C'est merveilleux de pouvoir véritablement se détendre, répondit le premier officier.

— Oui, vous avez raison, ajouta l'Africain.

Picot se dressa stupéfait : se trompait-il ou avait-il perçu de la tristesse dans la voix de son supérieur ? Pourquoi ce fauve manifestait-il des émotions, à présent que tout se terminait ?

— Vous avez des soucis ? interrogea le second.

Tschato se gratta la nuque, s'avança vers la cafetière et se prépara lentement une tasse de café bien noir.

— Ça m'arrive, reprit-il sans regarder Dan. Je pense au *Lion*.

— Moi aussi, avoua Picot.

— On nous donnera un nouveau croiseur qui le surpassera en tous points…, dit le géant.

Il vida son gobelet à petites gorgées, puis s'installa sur son lit. Picot crut tout d'abord qu'il s'endormait, mais au bout d'un moment, il entendit à nouveau son supérieur :

— Non, Dan. Il n'y aura pas deux *Lion*. Ce vaisseau fut exceptionnel et jamais aucun autre ne pourra le remplacer. Jamais.

VOUS CONNAISSEZ DÉJÀ ATLAN, LE SOLITAIRE DES SIÈCLES

Amiral d'Arkonis
 Gnozal VIII, souverain du Grand Empire
  Lord-Amiral de l'Organisation des Mondes Unis
et ami indéfectible de Perry Rhodan, Stellarque de Sol...

DÉCOUVREZ ATLAN, LE PRINCE DE CRISTAL

Dans ses années d'adolescence, 8 000 ans avant notre ère,
au cœur d'un fabuleux empire galactique
en proie à la tyrannie et à la guerre,
tout au long d'un passionnant itinéraire d'aventures
et d'initiation à de mystérieuses sciences de l'esprit...

RENDEZ-VOUS AVEC

« TRAQUE SUR GORTAVOR »

« LE PRINCE DE CRISTAL »

« LES PIÈGES DE KRAUMONN »

« LE MONDE DES MILLE TORTURES »

*LES QUATRE PREMIERS VOLUMES
DE NOTRE COLLECTION
« ATLAN »*

DISPONIBLES CHEZ VOTRE LIBRAIRE

Premier Fanclub français
PERRY RHODAN

Embarquez à bord du

BASIS

Fanzine trimestriel
et ses principales rubriques :

Hyperondes en cours
Rencontres extragalactiques
Présentation de l'équipage
Schéma Technique
PR en France, en Allemagne
Les Peuples
Le Bazar Cosmique

Astroport : 16, Grande Rue
58400 La Charité-sur-Loire

Association loi 1901
Jean-Michel Archaimbault · Claude Lamy

Site Internet : http://www.perry-rhodan.fr.st

Groupe de Discussion :
voir les modalités d'inscription (gratuite)
sur le site Internet

Achevé d'imprimer sur les presses de

BUSSIÈRE
GROUPE CPI

à Saint-Amand-Montrond (Cher)
en juillet 2003

FLEUVE NOIR
12, avenue d'Italie
75627 Paris Cedex 13
Tél. : 01-44-16-05-00

— N° d'imp. : 34010. —
Dépôt légal : août 2003.

Imprimé en France